Czesław Miłosz

Widzenia nad Zatoką San Francisco

旧金山海湾景象

[波兰] 切斯瓦夫·米沃什 著
胡　桑 译

广西师范大学出版社
·桂林·

著作权合同登记号桂图登字:20－2014－065 号

图书在版编目(CIP)数据

旧金山海湾景象/(波兰)切斯瓦夫·米沃什著;胡桑译.—桂林:广西师范大学出版社,2023.3(2023.7 重印)
(文学纪念碑)
书名原文:Visions from San Francisco Bay
ISBN 978－7－5598－5772－9

Ⅰ.①旧… Ⅱ.①切… ②胡… Ⅲ.①散文集－波兰－现代
Ⅳ.①I513.65

中国版本图书馆 CIP 数据核字(2023)第 015470 号

旧金山海湾景象
JIUJINSHAN HAIWAN JINGXIANG

出 品 人:刘广汉　　策　　划:魏　东
责任编辑:魏　东　　装帧设计:李婷婷

广西师范大学出版社出版发行
(广西桂林市五里店路 9 号　　邮政编码:541004
网址:http://www.bbtpress.com)
出版人:黄轩庄
全国新华书店经销
销售热线:021－65200318　021－31260822－898
山东临沂新华印刷物流集团有限责任公司印刷
(临沂高新技术产业开发区新华路 1 号　邮政编码:276017)
开本:890 mm×1 240 mm　1/32
印张:7.25　　字数:160 千字
2023 年 3 月第 1 版　　2023 年 7 月第 2 次印刷
定价:68.00 元

目 录

我的意图 | 1

我所在之处 | 4

面对过于巨大的辽阔 | 7

象征的山林 | 10

回忆一份特殊的爱 | 15

论自然科学的影响 | 19

一次短暂的离题,论作为自然之代表的女人 | 24

宗教与空间 | 28

某种难以命名的疾病 | 34

移民 | 38

加利福尼亚的事件 | 42

论那个世纪 | 49

论西部 | 54

我与他们 | 59

野兽的肖像 | 63

什么是我的 | 68
诸多宗教之混乱 | 72
论天主教 | 78
卡梅尔 | 83
致罗宾逊·杰弗斯 | 92
被提供的性 | 95
论审查制度 | 101
西方的痛苦 | 113
无形的与新异的 | 122
福音使者 | 132
亨利·米勒 | 136
我,马达,大地 | 141
论美德 | 149
死亡之舞与人类的不平等 | 159
随笔,作者在其中坦承,他站在人这边,因为缺乏更美好的事物 | 171
乌托邦的再生:赫伯特·马尔库塞 | 183
移民到美国:一份总结 | 197

我的意图

我在这。这三个字含蕴着可以说出的一切——你始于这些词语又回到它们。“这”意味着在这个地球,这片大陆,而不是别的大陆,在这个城市,而不是别的城市,在这个时代,我称之为我的时代,在这个世纪,在这一年。我并没有被赋予别的地方、别的时代,我触摸桌子,为了抵御这种感觉:我的身体短暂易逝。这一切极为根本,然而,生活的学问终究倚赖于逐步发掘的根本真理。

我写过各种各样的主题,大多数并不尽如我所希望的样子。这一次我依然不清楚自己萦绕已久的意图。然而我向来清楚,我想要的东西是不可获得的。我需要一种能力,用一个难以觅得的句子传达对“置身此处”的万分惊诧,与此同时,这个句子可以传达我皮肤的味道和肌理,存储于记忆中的一切事物,以及所有我此刻表示赞同、持有异议的东西。然而,在追寻不可能的东西的过程中,我的确学到了一些东西。我们每一人如此羞愧于自己的无助和无知,于是就会认定只有我们能被人理解的所思所想才适合与人交流。然而,在一些时刻,我们会慢慢摒弃那种羞愧,并开诚布公地说出一切我们不能领悟的东西。倘若我并不聪颖，那么为何必须假装聪颖？倘若我迷惑不解，为何必须假装胸有成竹，可以向同时代人给出忠告？然而，交流的价值也许在于承认自己的局限，神秘的是，这些局限也是别人共有的；一百年甚或一千年前，同样的局限不是早已存在？当空气中满溢着分析与结论的喧哗，承认你并不理解，是否会变得毫无用处？

我读过许多书籍，但是将这些书摞起来，站在上面，丝毫不会增加我的身高。在我试图捕获赤裸裸的经验之际，从书中习得的词汇几乎没有什么用处，这些赤裸裸的经验规避一切既成观念。借用书中的语言可以带来多种多样的益处，但是也会不知不觉将人带入一个自给自足的迷宫，让我们置身于陌生的无从走出的众多走廊。我必须进行抵抗，留意每时每刻，以确保我没有疏离自己所亲身体验的东西、自己所接触过的东西。我不能发明一门新的语言，我使用最初习得的语言，但是，我希望可以在属于我自己的东西和仅仅流于时尚的东西之间做出区分。我无法从记忆中驱除读过的书，无法驱除书中所主张的理论和哲学，但是我可以无拘无束地怀疑，可以自由自在地提出天真的问题，而不是加入异口同声的断言与否定。

恐吓。我勇敢，无所畏惧，确信无疑地向世界说出重要的事情，说出其他人没有受到召唤去说的事情。个人的情感和独一无二的角色开始削弱，一想到所有曾经、正在且将要——求索、怀疑、坚信着——在情感强度和心灵深度上超过我的人，就让我丧失了我称之为“我”的信心。两千年前的祈祷文，穿戴着假发和花边饰带的作曲家所创作的天国之音，让我自问：我为何也在这里,为何是我?难道一个人不应该预先评价自己的机遇吗——要么视之为最佳,要么不置一词?就在此刻,当我在纸上写下这些字迹,其他无数的人正在做着同样的事情,我们写下的书有着绚丽多姿的封面,这些书被添加到万事万物之中,在其中,名字和称谓湮灭、消失。毫无疑问,同样是在这特定的一刻,有人伫立在书店里,面对那些耀眼而虚荣的野心,正在做出决定——最好保持沉默。那个语句只要确实具有分量,就足以与一生的著作相媲美。然而,此时此地,我怀着勇气开口说话,这是一种次等的勇气,而不是盲目。也许是我对那个句子的执着追求。甚或,这是我年久的无畏、性情、命运,寻求一种新的计策。无论如何,令我感到安慰的与其说在于我受到召唤所扮演的角色,不如说在于那巨大的马赛克般的整体,这个整体由不同人的努力的碎片所构成,无论其努力是否可以获胜。我在这里——每一个人都在某个"这里"——我们唯一可以做的事情就是努力与别人交流。

我所在之处

有人说加利福尼亚今天所面临的问题，美国必定会在明天遇见。未来之浪率先溅洒在岩石嶙峋的加利福尼亚海岸，变化来势迅猛。这里面包含着真理。只不过有点不得要领，因为没有一个地方雷同于另一个地方，加利福尼亚在许多方面都是独一无二的。而且，没人会意识不到加利福尼亚所遭遇的变化和困境。它们极有可能是整个文明世界所共有的问题。

雷蒙德·F. 达斯曼[1]，《加利福尼亚的毁灭》

沿着街走，我抬起头，看见核电站实验室，在山坳的桉树间闪烁着光芒。我转身，则是加利福尼亚湾，闪着金属般的光泽，

---

① 雷蒙德·F. 达斯曼（Raymond F. Dasmann，1919–2002），美国致力于自然保护的生物学家。就读于加利福尼亚州大学伯克利分校，一九五四年获博士学位。后任教于加州洪堡州立大学。主要著作有《加利福尼亚的毁灭》（*The Destruction of California*，1965）、《野生动物学》（*Wildlife Biology*，1981）等。

此刻正在变暗，绿色、黄色和深红与天空交相辉映。伯克利毗邻群山，西面太平洋，而它最好的时光——下午，黄昏，闻名遐迩的日落，傍晚——并不会被海雾破坏。我头脑中有着许许多多的城市和国家，但它们都与这个每天环绕着我的地方联系在一起。人类的想象力具有空间性，持续建构着一个整体的建筑，这个建筑源自记忆与想象中的风景；它从最切近之物向渺远之物绵延，层层缕缕都环绕着一个轴心，它始于双脚触及的土地。想象力的空间性产生了诸多后果，我会频繁地回到这些后果。现在，我只要说，于我而言，无论清醒还是梦中，世界的四个角落始于我几乎触手可及的形状。西边，岛屿和海湾的岬角，大桥——两只恐龙——旧金山密密麻麻的摩天大楼，金门大桥在间隔有序的灯光中明明灭灭，那些灯挂在纤细得看不见的铁丝上，桥的外面，是辽阔的大海。东边，沿着悬崖延伸的道路，斜坡上的桉树，山麓上的碎石有着响尾蛇的颜色，隧道，空荡荡的山峦层层叠叠直抵云霄——灰绿色的群山一年中有数月逐渐成为玫瑰色和紫罗兰色，然后在明澈的蓝天下呈现为亚麻色，海上的雾极少到达这里。南边，一块平坦的不毛之地，栖居着一百万人口，奥克兰市，它的上边，椭圆状水泥环城路，伸向圣何塞和洛杉矶。北边，也是绵延的环城路，拥有三条交通路线，伸向纳帕和圣罗莎周围的葡萄酒乡，随后是加利福尼亚北部的针叶森林，鹰在弥漫着薄雾的峡谷上空盘旋。

我的想象力不敢涉足很远的西边，那里一无所有，除了数千里的海洋，毫无变化；在东边，我的想象力也并没有漫游到萨克拉门托河谷之外，及其位于内华达山脉的山口。越过内华达山脉，它就会遭遇一种空无——飞机数小时内经过此地，看到的都是这个行星空荡荡的、起皱的表层。另一方面，我的想象力喜欢与影像嬉戏——它持续不断地移动着加利福尼亚州南部和亚利桑那州的浩瀚沙漠，重新排布着突起于荒凉的俄勒冈州海岸边水面的岩石（大教堂？石化的原始蜥蜴？），逗弄雷尼尔山冰川附近的华盛顿州的果园。

不，用散文描绘风景明信片并非我所擅长。然而，我还是在这个国家的纯洁性中发现了一些沉重的东西，其纯洁意味着它似乎等待着命名。美国并非经过了数个世纪才缓慢地、循序渐进地被诉诸文字；倘若有人想要用言语来描述它，变化是如此翻天覆地，二十年几乎等同于别处的两百年，以至于往事总是被一笔勾销。无论是在这里，在西海岸，还是在美国其他地方，人总是面临着某种无法用“人文主义所形塑的想象力”来定义的东西——某种无法理解的东西，无论其形态，还是试图将这些形态与人类生命建立起关联的努力。我们人类如今正处于疯狂的冒险之中。我们被抛入一个世界，这个世界看似一片虚空，或者，至多是一堆杂乱无章之物，我们必须赋予它们某种秩序，使它们彼此相连——这一个紧挨着那一个的右边，那一个紧挨着这一个的左边——通过使用地图的抽象平面图。那种面对一处无人问津或至少未留下清晰痕迹的高原、河谷或火山口时所感到的不安的自由……需要一种随心所欲的选择，而无需任何确证。

面对过于巨大的辽阔

被迫直面自然。例如，发现自己置身于羽河（Feather River）畔某处山林，毫无庇护地置身于岩石、五英尺粗的松树墩、迷宫般干燥闷热的嶙峋地面。某种程度上，我们通常受到很多东西庇护：我们对人赞美或谴责，我们彼此交换吹嘘与欺骗，与别人相互依赖——科学家专注于其他科学家，艺术家专注于其他艺术家，政治家专注于其他政治家。这一切造就了一个持续更新的依附之茧，它为时间赋予价值——进步，倒退，进化，革命，一场配备着各色染料、袒胸泳衣的革命。我们越深地陷入这只由话语、屏幕上移动的画面、转轮印刷机出产的纸张织就的茧，就越感到安全。但这只茧的密度千差万别，各个国家截然不同。我并不想与因果链嬉戏，所以只承认，似有某种鬼魂，恶意地摧毁任何想要降服它的企图。被践踏然而又始终胜利的巨大辽阔，地球表面的连绵起伏减损了我们的错误与功绩。在羽河畔的松树前，或在散落于白浪滔天的海边的多岩海角上，这里，海风仿佛海狮的吼叫，或在塔玛佩斯山（Talmapais）的斜坡上，这里，海洋与陆地的边界在海角中消失，看上去犹如创世第一日，我站着，一丝不挂，一无所有。我一事无成，并不参与进化或革命,我无可吹嘘,因为在这里,将自己置于别人之上或之下的集体游戏完全崩塌。陌生、冷漠、永恒的石头、石头般的永恒,与之相比,我只是拥有组织、神经、搏动的心脏的短短一瞬,最糟糕的是,我也受制于同样无法理解的法则,这法则主宰着我眼前的一切,只见它自给自足,抗拒一切意义。

我并不将自己归入那些搜寻奇景的人,也不拍摄大自然的全景照片。对大自然自身而言,它既不秀丽,也不丑陋,无疑只是一面屏幕,反映着人们内心的地狱和天堂。然而壮丽、广阔的太平洋海岸不知不觉渗入我的梦境,重塑我,脱去我的衣物,也许从而解放了我。很长时间,我巧妙地禁止自己去面对那拒绝(对事物进行)评价的一片混乱;我尽量不逾越人之为人的界限,正是这人性使人抱有希望或失望的预期;我强行自律——我构想出工作、承诺,一如既往地了然于心:我只是在逃避,延缓着必须与近在咫尺等候我的东西相抵牾的时刻。

树下,我们在桌上铺开纸张,试着书写或写下一列列数字;风撩动着的骚动不安的树叶,飞翔的鸟群,嗡嗡鸣叫的虫子——在开阔的空间与心灵的运作之间没有可比性——转瞬之间驱使我们来到一个四壁围绕的处所,这里,我们的行为似乎变得重要、有尊严。茧状护体、洞穴、房间、门、围场、巢穴,那些克鲁马努人[①]冒险涉足过的地下洞穴尽管受到穴居鬣狗的危害,所以在最为僻远、幽深的角落,他可以借助火炬的光芒描摹神奇的野

---

① 克鲁马努人(Cro-Magnon),旧石器时代晚期新人的总称,一八六八年发现于法国南部克鲁马努山洞中。

兽：只有在那里，他的作品才变得广阔无边，只有从那里，他的作品才能在大地的表面统治生灵的命运。

此刻我在这些书页中寻求庇护，然而我人性的热情已被山峦与海洋削弱，被这么多时刻削弱，当我怀着一种类似于厌恶的感受凝视着无边无际的广袤，风摧毁着我的希望与意图的渺小家宅。

象征的山林

于是，一般而言，花园对应于天国的聪颖与智慧；由于这个原因，天堂(heaven)被称为上帝的花园，乐园(paradise)被凡人称为天堂的乐园。树木，根据其类型，对应于对善与真的知觉和认知，聪颖与智慧由此而来。由于这个原因，熟稔于类比之道的古人在树林中举行神圣仪式。因此，树木经常替代经书，天空替代教堂，因此，人被比拟为葡萄藤、橄榄树、雪松以及其他树木，善行被比拟为果实。

伊曼纽·斯威登堡①,

《天堂与地狱》

---

① 伊曼纽·斯威登堡(Emanuel Swedenborg, 1688-1772)，瑞典科学家、神秘主义者、哲学家和神学家。在信奉宗教之前，他曾是欧洲最博学的科学家之一。晚年他放弃了科学工作，转而从事圣经以及灵异现象的研究和写作，成为灵异体验的追随者，坚信上帝赋予他向人类揭示圣经隐藏意义的任务。他认为上帝的存在是不可描述的，因为它本身既是实体又是形式。但是上帝的本质能从它的爱和智慧这两种基本品质中得到理解。

大自然似乎含纳了我们形形色色的感受与激情，其影像可以安详、险恶、笑容可掬、令人沮丧、仁慈、友好、悲痛，这是如何形成的？我读过象征主义诗歌之父伊曼纽·斯威登堡的大量作品。然而像我的大多数同代人一样，我已不相信理念——在被赋予实体之前——是物质形态的先在(pre-existence)。对于我，一棵苹果树唤起很多联想，因为人类长久以来就喜爱树木，树木在宗教、诗歌和绘画中侍奉着人类的想象力，并非因为早在创世之前，苹果树就注定发挥这一作用。在原始猎人看来，狮子是危险却了不起的对手，然而在人类现身于狮子生存的土地上之前，或许没有王冠被授予狮子。山巅总是与神联络的恰适场所，然而，西奈山、拔摩岛[①]、建于岩石上的修道院均对应于一种需求，可以超越日常操劳的混沌无序，临近天空，让终有一死的人类的短暂烦恼显得轻若游尘。因此，在地球的液态地壳冷却之前，山峦并未被视为未来庙宇的地基，或是诸如低贱和崇高等相对语言概念的基础。

那些就是我提供给自己的合理解释，然而经验，未经教化且顽固不堪，将对风景的痴迷和野兽的象征强加于我，仿佛，在诸感官所觉察到的形式中，存在着一个丰盈而隐秘的声音，向每一个人诉说着同一个东西。也许，一种比我们自己的生命更为古老的记忆，物种的记忆，在我们的血液中周身循环。那份记忆维护着我们对于他人的认同，也让我们能够在某种程度上相互

① 拔摩岛(Patmos, Πάτμος)，希腊位于爱琴海的一个小岛，《圣经·启示录》提到过拔摩岛。约翰被放逐在岛上，他在那里看到并记录了耶稣的显现。

理解。我们一切的隐喻都围绕着上与下、黑暗与光亮、绿色植物、火、水的感知旋转;每个人看见鸟脸上都现出同样的笑容;对触摸蛇的恐惧,也是我们人所共有的。

我为树木赋予荣誉,这其中毫无反常之处——人们在渺无记忆的年代开始就在这么做着,高耸入云的树干,从地下的根,经由我们中间的维度,抵达天空,树叶在空中摇曳,总是让人们相信可以将存在划分为三个区域。树木书写着自己从地狱攀升到天堂高处的《神曲》,比但丁要早得多。我不知道如何栖居在没有树木的国家,而在我如今所生活的地方,我梦境的指南针总是指向北方。

那片红杉林,一片原始红杉林的剩余物。某些哥特大教堂的内部——比如斯特拉斯堡[①]大教堂——在原始森林的柱子[②]间复制着人处于地狱与天堂中间地带的渺小与无助。这些原始森林在大教堂建造之际依然覆盖着欧洲的大部分地区。然而欧洲从未有过诸如红杉的树木,这种树木的寿命可以横跨两千年。这种森林是森林的理念,上帝描绘的原型;没有教堂的柱子可以达到这个高度,没有一个教堂的半明半暗与目力不及之处倾斜射入的一束光形成如此鲜明的对比。人类渺小的身躯并不因为红杉树干而减小,红杉树干过于庞大而没有可比性,而是由于一个更低的层面,比人更巨大的蕨类,倒地的、覆满苔藓的但长出绿色新芽的树干。红杉作为森林象征的价值在于一棵倒地的

---

① 斯特拉斯堡(Strasbourg),法国东北部城市。

② 柱子(column),指教堂的石柱,这里指树干。

树干并未死去,而是在大量飞速生长的小树枝中再生。

火山口湖(Crater Lake)……空荡荡的高速公路笔直得无懈可击,勾勒出二十多英里的线条。高速公路的坡度如此舒缓,只有汽车马达的引力才提醒你它的存在。湖的两岸只有微不足道的矮松林生长于遍布岩浆的土地上。如此乏味,眼睛都打了瞌睡。随后,道路沿着斜坡盘旋而上,山顶被一次火山喷发毁掉,最后,道路通向一片石头环绕的火山口湖景。湖岸陡峭,难以接近,寸草不生;湖水是一种可怕的颜色,一种毒液之蓝,太纯粹,太绝对。仿佛是为了强调这种地理上的任性拒绝任何实用,湖中还有一个难以接近的岛屿,如一座石头金字塔打破了完整的湖面。理性而言,并没有充分的数据可以假设任何置身于这片景致的人同样会将它解读为一种不毛之地的秘语。然而,这种过度的壮丽似乎要隐藏某种观念,也许甚至蜿蜒于矮松林间的高速公路的地层在许久以前就已预先准备就绪,让人们沿着它驾车奔驰,捕获其隐蔽的、任性的造物主的意图。

又或者,南部,死亡谷(Death Valley)。它是什么,这显而易见:一个巨大盐湖的枯涸底部,一个炎热酷似窑炉的沙漠,一个显著地低于海平面的深谷。是的,但是被赋予的名字与其本质一致——每一个人对于"约沙法谷"(Valley of Jehoshaphat)的理解。一种如此浩瀚的寂静,伴随着与沙丘中移动的砂子一起回荡,脚下石化的盐的吱吱嘎嘎声,一片无云或无盘旋飞鸟的天空,地平线笼罩在群山的各个侧面,让群山有了自身矿床的色彩——铜绿,耀眼的胆汁,沾染了一点"公牛之血"后的沉闷的红色。然后,仿佛:我们终其一生一直在竭尽全力抵达这里,抵达这个地方，我们最鲜活的记忆在这里消退，较为柔弱的记忆完全丧失了连贯性，变得支离破碎；我们需要付出极大的努力才能恢复它们的意义，连续性中断了，与任何别的事物毫无关联的景象浮现于我们的脑海——例如，在一个遥远的年代，一个学生舞会上，挨着人群跳探戈舞，就好像这些舞者的幻影特性适合这片将生命转换成了幻影的沙漠。

动物。我们与熊之间的联系的神秘性——喜爱混杂着恐惧，先杀熊再道歉的远古部落仪式，孩童的毛绒泰迪熊。我们嬉爱浣熊，那些突降森林营地的窃贼，可以用爪子打开几乎任何类型的食物罐头的狡黠生物。看到树桩或一块肉上的毛毛虫或蠕虫，看到一大块耸立于海面的玄武岩上同样是圆筒形、同样蠕动的海狮时的焦灼不安。通过双筒望远镜可以看到置身于雌性伴侣们之中的雄性动物的强健身躯，起皱的口鼻张开着咆哮，以示警告，它们相互翻滚在一起，打斗，年轻的在嬉戏，推倒对方，从表面被海水冲洗过的石板坠入沸腾的泡沫中。无法让自己满足于“这就是”这一陈述，我不禁问自己——这意味着什么？这是否暗示微观和宏观运动之间的相似性，微生物、蠕虫和那些海狮在空间方位上共有的不确定感，它们的生存方式，归根结底是四肢无法适应在地面移行的结果？这是不是某种信号，告诉我们：在鸟与人的空气之外，更多的自然环境适宜栖居，因为我们那些温血的近亲在暗黑的海洋中安居如家，过着冰冷的生活？这里是否有着我未曾觉察的意义，或者根本就毫无意义？

回忆一份特殊的爱

在我孩童时,我对奔跑、飞翔、爬行的东西,生长的东西,可看可触摸的东西满心好奇,对词语却毫无兴趣。我狼吞虎咽地看书,然而我视之为有关现实事件和冒险活动的信息,倘若邂逅某些"自给自足的"词语(尽管当时我还没有能力这样称呼它们),对情感与风景的描述,我会认为它们愚蠢之极并跳页。有时,一册诗集落入我手中,我会立即对其虚伪感到厌恶。同一种虚伪弥漫于成人之间的鞠躬、微笑和空洞的闲聊,这荒谬可笑,因为他们认为没有人会留意到这只不过是虚情假意。

另一方面,我仍然是崇敬词语的人,尽管并非崇敬短语和句子。作为一个自然主义者,我收集被福尔马林雾气窒息、被大头针刺穿的五月虫豸,成册的植物标本,在灌木丛中采集的鸟蛋,以我的脸和光脚被擦伤为代价;我确信我的行为具有特殊的重要性,倘若任何人说我在同辈中并不是唯一一个体验过这类激情的人,这样的推测不啻为毁辱,我决不接受。我是罗密欧,我的朱丽叶既是无限丰富的形式与颜色,又是让我整日或整周为之神魂颠倒的某一种特殊的虫子或鸟。然而我全身心地坠入了爱——让我们适当怀疑一下——通过一个中间的媒介。真正令我着迷的是关于自然的书籍与图册中的彩色插图,不是大自然中的朱丽叶,而是由制图师和摄影师制成的朱丽叶肖像。我仍然由衷地为此感到痛苦,一种由无法掌控的强烈情感所引起的痛苦;我是一个无所回报的浪漫的恋爱者,直至找到了驱散欲望入侵的方式,将所欲求的对象变成我的——通过对它的命名。我在厚厚的笔记本上画下许多竖栏,填满我学究式的编目——科、种、属——直至名字与其指代物合而为一,名词表示种,形容词表示属,于是,黄鹀(Emberiza citrinella)并不栖居于灌木丛,而是栖居于一个处于时间之外的理念空间。在那种进行编目的意志中,存在着一种狂野的亚里士多德主义。我一再地重复着安排周围世界这个行为,就好像童年、少年和青年事实上正对应于人类所经历的诸阶段。此外,我的激情毫无疑问具有男性特征,它表达的是男性对比现实更强大的划界、定义和概念的饥渴,这种饥渴用刀剑武装了一些人,将另一些人抛入地牢,将忠诚者引向圣战。

那份爱有一个悲伤的结局,和很多爱一样。猛然间,我们的双目仿佛被一种药剂洗净,这药剂抹除了那份魅力;我们开始客观地审视那个被我们置于其他所有人之上的独特的人,他也受制于在一切双手双腿生物身上起着作用的法则。怀疑、批判性反思——一束色彩、一次光的毫无差别的震动,旋即转化为一系列特征,被归入统计数字的支配中。于是,甚至我的真实的飞鸟也变成了美丽羽毛的假象下,解剖图册中的插图,花朵的芬芳不再是奢华的礼物,成了客观计算过的平面图的一部分,成了普遍法则的案例。我的童年也随之结束。我扔掉了那些笔记本,拆毁了纸做的城堡,那里,美人曾居住在词语构筑的格栅后面。

我的这些激情的实际结果是,我拥有了一个囊括植物、动物、本土飞鸟、北方地区的庞大词汇表。然而,当对于名字的痴迷早已弃我而去,我动身移民离开欧洲,我辨认出了美国人与别的种族之间的亲缘关系,而欧洲人只让我想起自己的生活——远离固执的区分和定义,迁入一种与流动和非定义之物的和谐关系之中。然而真相是,那种用新变奏演绎的音乐母题总是令我恼怒不已。我只了解一种松树,一棵松树就是一棵松树,然而在这里,突然间出现了糖松、黄松、辐射松等——十七个种,总共。五种云杉,六种冷杉——最大的,在体量上堪与红杉媲美的,不全是冷杉,于是,其拉丁名不是 Picea(云杉属),也不是 Abies(冷杉属),而是 Pseudotsugu(黄杉)。各有数种雪松、落叶松、杜松。橡树,我曾经深信仅仅只是一种橡树,无论在何时何地,都拥有永恒稳定的、不可分割的橡树特性,在美国却增殖为大约十六种,从那些拥有毋庸置疑的橡树特性的,到其余那些模糊不清的,很难随即说出它们是月桂还是橡树。相似而又有不同,相同而又并不一致,所有这一切仅仅指向无意义的思想,然而为何不承认它们?例如,何种力量在这里起着作用,何种起因——普遍法则、树的本质起着作用?这里面是否蕴含着法则,松树、橡树的本质?哦,分类!它们仅仅存在于头脑,或者,无论如何,同样存在于头脑之外?松鸦在窗外尖叫(如果它们是 sójki[①] 该多好),然而,它们要么是加利福尼亚松鸦,要么是暗冠

① sójki 是“松鸦”的波兰语复数形式。

蓝鸦，黑顶，胸口蓝色并夹杂着纹饰——只有叫声、鬼鬼祟祟、胆大妄为与其在我几千英里之外的故土上的血亲是一模一样的。何为松鸦的本性？松鸦短促的生命周期，其生命周期千年来的回环往复，不知道何为“作为一只松鸦”或者“作为暗冠蓝鸦”，我以为这其中包含着一些令人惊异不已的东西。

论自然科学的影响

并不存在诸如“我与自然”的东西。我所穿的衣服，我所使用的技术上便利的东西，我被传授的已证实或未证实的科学假说，并不属于我，而属于我的世纪[①]，至多，只是滑入这套或那套既定的、现成的元素的个人趣味。我情愿信任自己的五种感官，赤裸地面对赤裸现实，然而在我与我的所见所触之间横亘着一面玻璃——我关于自然的观念，由所谓的知识状态和生物学课程强加在我身上。

全能、威严的上帝，可在萌芽、开花、结果中被辨识出来，可在大地的奇迹般的馈赠中被辨识出来，这大地上的动植物被给予人类使用；后来，在“伟大的制表匠”的高深莫测的智慧中，这智慧可以预见数以十亿计的齿轮中的每一个如何在伟大的机械中发挥着作用；再后来，“自然母亲”永恒的聪慧和创造性，唤起令人恐惧的敬畏——我熟悉世俗化进程的诸阶段，试图将起初存在于“之上”的原动力转换为存在于“之中”的原动力，然而，

① 指二十世纪。

不幸的是,这丝毫没有减少"神秘"[①]之"可怖"[②]。然而,这既不是我的话题也不是我的语调——人类思想的每一个"今朝"都拥有其自身的语调;要不是如此,我们不会成为风格之奴,我们会想起极为简素的观念,而不是陷入科学艺术的语言,我们自己培植的丛林。如今,设定语调和决定风格的,均不再是对"最高智慧"的沉思,而是自动、持续不断的"运动"的意象。

倘若庙宇的建造不是用以赞颂进化论,毫无疑问出于同样的理由,中世纪庙宇的建造也不是用以赞颂灵魂不朽;显而易见的真理,例如二乘二等于四,人们并不崇拜——教堂,就像后来的实验室,仅仅意味着一个人人接受的原初假设的逻辑结果。试着推翻你内心的科学权威,并说道:"这并不是真的:生命起源于海洋,单细胞微生物是鱼、两栖动物、鸟、哺乳动物的远祖;并没有发生过从不太复杂到更为复杂的生命形态的演进,不存在物种的突变和渐次的成形;鱼龙和翼手龙并不存在——甚者,上帝种植了成为化石的骨头,让我们得以重构灭绝动物的外貌,上帝的一个恶作剧将我们引向错误,再次因为我们摘下了知识树上的苹果而惩罚我们;类人猿并不存在,它们让神学家们困惑不已,因为它们不允许人们在动物的终点和人类的开端之间划出界线;地球,连同其遗迹和废墟,同时被创造出来,类似于十八世纪贵族所建造的庄园,他们将'古希腊'石柱残片放置于绿树成行的路的转弯口。"

---

① 原文为拉丁语:mysterium。

② 原文为拉丁语:tremendum。

运动：属于星系、原子、原子的各部分、爆炸、错位、变形的运动。当我们认识到，人类也是全宇宙变形链条中的一环——“他来源于猴子”，我们报之以愤怒，感觉尊严受到了冒犯，对于令人痛苦不堪的知识的合理反应。之前，人高于万物，如今，人必须将自己视为物；他作为哺乳动物的等级开始胜过上帝赋予他的自主性，道德和法律已证明是他作为物种所制造的某种东西，就像甜菜生产糖，或据说如此。

显而易见，当人被这样自然化，他就呈现出一种比以往任何时候都更为强大的倾向：将自然人性化。中世纪的韵文故事中的动物们，像人一样说话与行动，因为他们是伪装成动物的人，与伪装成人的动物截然相反，那是现代作家们的主要困扰。怜悯于自身内部的动物性，其疼痛、恐惧、对生理需求的依赖，堕落的人学会了对每一个受苦的生物的同情；他将生存称为集中营，认为这是反对上帝的一个论据。

显然，与宇宙中的“魔鬼”的争斗是一场古老的争斗；摩尼教徒[①]是最初拒绝相信这样一个凄惨的世界出自善的上帝的一批——因为上帝必须是纯净的，他们认定这个世界是一个恶毒的造物主的作品。接下来，出现了越来越多的神正论、聪明绝伦的体系，目的是要证明上帝无论如何不对魔鬼负责。然而，绝没有比那些为隐匿的和谐这种观念做辩护的人的处境更为艰难的

① 摩尼教，公元三世纪中叶波斯人摩尼（Mānī）所创立的一种二元论宗教。主要教义认为光与暗，善与恶，永远处于敌对与竞争之中，并称为世界的动力。摩尼教在唐代传入中国，被称为明教。

了。当十九世纪发现生命物质的痛苦是其“运动”的主要源泉，发现在一场壮观而宏大的毫无目的或目标的变革的名义下，个体生物被牺牲，绝没有比摩尼教的残暴更具有侵略性了。我们的后人试图定义我们的时代时，他们可能会借用“新摩尼教”这个词，用以描述我们对邪恶“物质”特有的愤恨，认为其没有任何价值，然而价值不再从神圣的来源涌出，如今仅仅属于人类，就像闵豪森男爵[①]可以抓着自己的头发将自己从沼泽里拖出来。于是，同样，一切对身体和道德自由的赞美将被揭示为伪装和面具。因为对地狱之火的恐惧并未消逝；地狱（正如摩尼教的古老门徒所认为的）源于我们对体内的自然力量的屈服和无助，如今这成了生物学家、医生、精神病学家的领域。

对我而言，这些并非理论上的思考。在大自然面前，我并不是“我”；我身上镌刻着文明的印迹，确实，我对宇宙结构内部的不具人格的残酷感到恐惧与憎恶。然而，我的确怀疑，在将痛苦人性化时——即，将人的痛苦赋予一切生物——我们犯了一个错误：不同于早先“动物是活着的机器”的信念，但是，这不见得是一个更好的错误。也许那些没有意识的生物并不承受我们语言意义上的痛苦，此外，我们几乎没有可能成功地复制神经系统不如我们发达之生物的感觉机能：一只黄蜂被刀切成两段，甚或，其胸腔的一部分被割落，会继续啜饮蜂蜜；刚刚失去一条腿的甲虫会继续急冲下一条小路，体能未减。为何当我将自己的

---

① 闵豪森男爵（Baron Munchausen），《吹牛大王历险记》的主人公，munchausen即异想天开、爱说大话之意。

经验投射到“他者”之上时，我应该扮演控告者的角色，并且我预期的同情掩藏了我对自己的恐惧：因为我知道我随时都可能暴露在严峻的折磨面前，就像一只在烛火中烧灼的蛾子，不仅如此，我确定无疑地知晓，一种或多或少令人难以忍受的死亡之痛在等候着我。

以这种或那种方式，我身上镌刻着文明的印迹，倘若我避免使用过于人性的标准，那个陌异的“他者”就愈加围攻我，我不能从它的法则中获取属于我的法则。我的同时代人（强烈地受到摩尼教的影响，无论喜欢与否，我都是其中一员）已经远离任何信奉与自然保持和谐的信条，拒绝明智地接纳作为行动之向导的自然节律；被他们自身内部的动物性（一度被囚禁于灵魂、理性）所麻痹，他们热烈地追寻过圣灵，然而由于上帝已经退隐，失去了其特征的圣灵如今只是人类，善与恶界限的唯一制造者，抗拒着一个既不知善又不知恶的宇宙。尽管，生活在他人之间，怀疑从他们那里接收的东西——听他们的演讲，受他们的影响——但我确实在自己身上发现一种根深蒂固的信念：孤立，我的，以及人类的，在面对无限的空间时，在依然空洞一片的运动中，没有传来任何一种语声，讲述我可以感受或理解的语言。

一次短暂的离题，论作为自然之代表的女人

无论如何，我并非只是在谈论今天，而是大致始于上世纪初直到现在的这个时期，毫无疑问，这个时期迟早会被视为一个单独的篇章。所以我无法忽视某种对于人类生理学的不同寻常的恶意，整个那一时期，人们都怀有这种恶意。尚在不久之前，叔本华还在铺天盖地地被阅读，生存的痛苦是诗人们固定不变的主题。特别年轻的人展现着对这一主题的显著偏爱；对他们来说，我们对于本能的屈从，对于生命的隐伏的意志，体现于性的神秘，体现于女人的魔力。他们绝望的嘶叫，常常无意中显示出幽默，证明了一种古老的中世纪恐惧的突变，即对夏娃倾向和蛇联盟的恐惧，这种恐惧数世纪以来与关于女人身体的淫亵笑话共存。尽管我们发现这种形而上的痛苦（可以说，一九〇〇年前就过时了）有点可笑，我们却不会自欺，因为我们依然属于同一个精神家族，大量被视为纯文学（belles-lettres）的作品本质上都是一种对存在的报复，一种既阴郁又猥亵的写作所施展的激烈抗议。

不幸的是，我们令人尴尬的童年持续不断地更新着这一模式。无论我们想要多大程度上避免旧式的反女性主义，都不易忘记那些基本的揭露真相的时刻——凹面并不同于凸面，翻耕

过的土地并不同于耕地的农人。那个小男孩爱上了自然，自然在他面前显现为五颜六色、充满魔力、令人入迷，他爱上了一个女人，一个邻家女孩，谁知道呢，也许她充满情欲，像植物、像小鸟、像昆虫，假如她要的话，他会把自己的植物志和收集的蝴蝶标本都给她。然而进入青春期意味着进入恐惧，对自然的恐惧，对女人的恐惧，女人既体现着世界的无情秩序也是其同盟。甚至两性之间的特定划分包含着某种难以理喻的专断：为什么是两性而不是五性？但是，就是有两性，并且造就了一个孩子，他们似乎具有现成的物质性，可以转变为三位一体或辩证三元之教条。假如只能献出自身，只能信任人或被人信任，那么就会在他者身上失去你自己。但是如何做到，如果他者，比如自然，可以莫名其妙地诱惑人心，并且不会被占有，除非通过有意识的暴力，尽管它唤醒欲望从而摆脱意识？天谷（heavenly valley）——可以投身进去，可以忘掉它，但是不，它在等候猎人的矛、犁、征服者的古怪行为，这征服者当他在最初的幸福中渴求超越思想和管制，就不能自由地放弃思想或管制。

透过睫毛投出的一瞥，持续不超过一瞬、一秒，却揭示出隐匿在自身之中的另一种意识，一种期待中的意识，一种等候中的意识——这样一些瞥视向不止一个尚且年幼的年轻人打开了潘多拉之盒。茅膏菜的花朵[1]将捕捉到的昆虫包拢起来，一条蝰蛇在众蝰蛇中穿行而过，一只鹰将另一只鹰撕成碎片——必然的事情，不可避免的事情——谁曾梦想过自然而然地交流，而不

① 实际上，茅膏菜通过叶片而非花朵捕虫。米沃什可能将茅膏菜的叶片误认为了花朵。

是通过征服、竞争去交流，强者即胜利者，弱者即失败者？一名青少年置身于成年人中间，置身于那些比他更成熟的人中间，他感到无从把握自己，不堪一击，受人冷落，被人排挤；夜间，当他们在游廊上起舞，被包裹在浓郁的色情气氛之中，他跑到河边，解开船，数小时在夜色中划着船。

带着冒犯性的傻笑，成年人强调自己的优越性，他们所谓的“参悟生活”仅仅意味着性爱技术奥秘入门。最终，我们会成为他们的一员，我们心悦诚服，说道：就是这么回事。生存所需要的冷漠磨钝了我们对普通事物的愤怒。对于女人的恐惧迟早也会消失，尽管必定不是每个人都这样。许多人依然忠诚于自己内心那个受伤害的、笨拙的年轻人，在他们心灵的最深处，承认自己滑稽的、不可能的欲求是正当的。

幸福的爱，共同的温暖，共同的诚挚，共同的信任。然而，难道不是获胜的男性力量才是这个结合的基础？耕种天谷的农夫的孔武有力？那并不够（因为，倘若它可以，人类关系实在是过于简单），然而，缺失了男性力量，爱能否长久地自我存活？我们内心的年轻人，尽管羡妒着我们，不也是在苦涩地笑着吗——他希望人们爱他本身，而不是他被随机赋予或否决的雄健的外部生理特征。他难道不渴望获得出于纯粹心灵的手足之情，不渴望放在特里斯坦和伊索尔德[①]床上两人之间的剑？

---

① 特里斯坦和伊索尔德，爱情悲剧《特里斯坦与伊索尔德》（*Tristan und Isolde*）的男女主人公。《特里斯坦与伊索尔德》在西方被广泛传唱，家喻户晓，最早由法国中世纪游吟诗人形成文字，最著名的版本则是德国音乐家瓦格纳的同名歌剧。

自然。假如可能将它安置在我们的外部，一个演绎我们的那些悲喜剧（tragicomedies）所要借助的背景。不幸的是，它触及我们最亲密的地方，假如有人承认要与自然进行一场古老的争吵，那么，他至少应该得到一些宽容。

宗教与空间

……将空间(space)等同于无限是一种亵渎。

既然我们的观念起源于我们对于地方(place)的观念,一种并非基于我们对物理宇宙之概念的分析之上的心理学必定是主观的且错误百出。

奥斯卡·米沃什[1],《奥秘》

值得去学习哲学体系,以便摒弃它们;我关心的不是哲学体系,而是想象。我的想象不同于过去的人们(那时,托马斯·阿奎那的世界观反映在但丁的象征里),尽管我们的想象具有同样的基本需求——将万物简括为空间关系。然而,空间已经遭受困扰。从我所在之处开始吧:这个地球,不再是稳定的坚固的基础,它从我的脚下滑脱,假如我凭借神奇的天恩悬浮于它之

① 奥斯卡·米沃什(Oscar Vladislas de Lubicz Milosz, 1877-1939),立陶宛裔法国诗人,一八八九年来到巴黎,后入法国籍。切斯瓦夫·米沃什的远亲。

上,不受重力的影响,那么,另一些地狱,另一些风景将在我们脚下漂移。甚者,它们已经在我的想象中这么做过了,尽管我知道这很荒谬,但我选择成为一名无形的旁观者,在这个系统之外,站在一个荧幕之前,旁观这个星球的旋转。这么做的时候,我失去了将事物切分为"上面"和"下面"的可能性。在我头顶画下一条垂直线,我不会触及尘世终止、天体开始环绕上帝的宝座运转的世界。任何垂直线也不容许我足够深地穿越底层降到地狱的洞穴。一种炽腾的无限从四面八方萦绕着我,逃避着我心灵的力量。

已有很多人反思过关于个人主义现象的起源和拜伦式的绝望——个人的反抗,他将自己视为万物的中心和唯一法官。毫无疑问,一旦等级空间开始翻转,正是想象本身的内容导致了拜伦式的绝望。任何深入观察自我的人都可以重现这场危机的过程。想象就不容忍散乱与混沌,它一定要使一个地方与所有其他地方建立关联,当想象面临总是相互关联的无限联系时,它就抓住了自身唯一的支撑,即自我。于是,何不把我自己设想为一个理想的、无形的观察者,悬浮在旋转的地球上方?

不幸的是,很难维持自我的高傲特权。"我"将地球视为空间中众多点块之一,将地球上的自己视为转化规律面前的众多生物主体之一;也即,它变成了外在于自身的某物。一种巨大的双重性,一种巨大的矛盾,足以让脆弱灵魂的怨声载道变得正当。更糟糕的是,总是具有强烈空间感的时间,已然滋长了空间性;它已经在我们身后无限地延展开来,无限地跃入我们的面孔所面对的未来。在但丁生前,稳定而循环的自然和(世俗)历史都没有导致这样的焦虑。如今我不可否认,在我一切思考的背景中,有着那幅“发展之链”的图景——气态星云凝缩为液体和固体,产生生命的酸性分子,物种,相继出现的诸文明,一个环节叠加着一个环节,其规模将我缩减为一颗微粒。我不喜欢这一点,因为由此而产生的冲动终止我对五种感官的信仰,这让我堕落,相对于那个链条,我更喜欢成为另一种人类的虚构,亚当。

也许,只有我们的浪漫先祖在其想象中剧烈地经受了这场危机;后来则是逐步努力遗忘它,因为某种徒劳,遥不可及的探究而导致的徒劳,似乎是由此而产生;不如回到人类事务,回到置身人们之中的生活。然而,最终,此处,旧金山海湾岸边,人们至少每周相聚一次,赞美上帝,在圣公会、浸信会、公理会、天主教教堂里,在犹太教会堂里,对于整个美国,在一片充满着人类孤独的土地上,宗教成了它必然的样子——我,自然和上帝。努力规避属于每一个人的那些问题,实在会显得轻率,尽管大多数人羞于问自己那些问题。他们经历过等级空间的崩溃,当他们合掌举目,“向上”不再存在。不要让任何人以为,缺失了这些原初的方向,宗教有能力为人们指明方向。不是神学家们的教条,而是人类的宇宙图景,决定了宗教的勃勃生机。上帝的下降与上升是空间的两极,舍此,宗教变成纯粹的精神性,在现实中没有任何立足之地,一种与人的尺度不相符的处境。一名苏联宇航员在一次访谈中说过,他翱翔在极高处,却在任何地方都没有见到上帝。很难确定一个人是否应该对此一笑置之,因为那些下跪并抬起双目的人与那个宇航员的不同之处在于,只有在那么做的时候,他们希望将遥不可及的天堂的范围推至更远——十亿光年之遥,宇宙终结之处——但他们无法实现这一操作;他们的信仰是瞬间的直觉与一小时的冷漠或疲劳之间的斗争。

比起看透他们在渴望相信和没有能力相信之间斗争的心灵,还有东西更具吸引力,当你差点捕获一只蝴蝶,最终却只是捕获了少许空气。我不明白为什么我们允许自己被时尚迷惑,并放弃了至关重要的根本探寻。于是,只有教徒,受到他们对此做出的防御带来的威胁和束缚,有时会承认他们在宗教上的烦忧。

我不怕说出,一个虔诚并敬畏上帝的人,作为一个人类标本,优越于一个不安的嘲笑者,这嘲笑者乐于将自我塑造成一个"知识分子",并自豪于自己的智慧,因为他通过这智慧使用观念,并声称它们为自己所有,尽管他是在典当店获取它们,以换取简单的心灵。此外,在我看来,我们生来就虔诚或不虔诚,假如我可以将自己编入前者,我会很感激。虔诚无须定义——要么虔诚,要么不虔诚。它独立地坚持将人划分为信徒和无神论者,在今天这是一个充满幻觉的区分,因为信仰已被信仰中的怀疑和怀疑本身瓦解。神圣存在着,比我们所有的叛逆都强大——桌子上的面包,粗糙的树干,都完全地浸润和建立在其"存在"之中,我可以在放置在我面前的拆信刀中直觉到"存在"的深度。如果我的虔诚意味着我拥有别人所没有的东西,会让我感到羞愧。但是,我的虔诚是无家的虔诚;它幸免于令人困惑、具有毁灭性的普遍脱节图景,幸运的是,让我没有安全的优越感。

宗教和空间：然而如今古老的事物遭遇了新颖的事物。古老的事物；即，由想象力设想的空间是一个无限延伸的、含纳一切的所在，其中大块的多元世界像粘在蛋糕上的葡萄干。新颖的事物意味着创造空间的运动，因为空间是相对的，而不是绝对的，为什么我们认为它具有一只蛋糕或一头大象的特点，并惊讶于它的宏伟？在这里，运动，作为等级的破坏者，揭示了其敌人从未设想的天才，这些敌人不惜任何代价保卫等级。穿着浪漫的礼服，他站在山顶上，自我的孤独崇拜者陷入恐慌，当他面对自己在星空下的微不足道。但是，当“伟大”和“渺小”失去意义，被相对论所颠覆，如今这种反应是否恰当呢？运动导致非物质化和臭名昭著的物质，成为信仰的重重负担，缩减成光，旋转进入原始的“要有光”①，如那些中世纪哲学家的作品所写的，他们将世界的创造解释成为非物质、神圣的光向光的变形（transmutatio②），今天我们称之为物质的光。但是，时间在想象中越变得空间化，它产生其矛盾的速度越快，“元时间”。尽管有着神学家的警告，永恒总是假定存在着无限延伸的伪装；只有多个对等时间的相对论揭示了一个新的维度，它不具有延展性或我们归之于空间的其他特征。唯有如此，我们才能想象同时存在的所有时间之中的一切事件和行动，一个巨大的电影镜头的凝聚体（另一个笨拙的空间隐喻）。

---

① “要有光”（Fiat lux），拉丁语，典出《旧约·创世记》（1:3）：“神说，要有光，就有了光。”

② “变形 / 转化”的拉丁语形式。

某些新教徒作家认为,“上帝之死”触及所有美国宗教的根源,让这些宗教只在道德和习俗的领域变得至关重要。那只啃噬掉了宗教信仰心脏的贪婪昆虫当然不仅仅是教科书上关于这个宇宙的模型,仅仅与牛顿分道扬镳而去寻找普遍的参照点是不够的。然而,这里,在这些夜晚的山上,在这个灯火通明的原子实验室附近,那些超出我的理解之外的实验在这里进行,我分析着自己的想象力,我意识到,它彻底不再属于十九世纪,而且,无论如何,从作为实体和容器的空间意象中,我被解放出来。

某种难以命名的疾病

没有吉卜赛女人预测到我会永远离开故土。如今生活在我身边的人们永远不可能猜到，我来自一个没有汽车、浴室或电话的地方，在我们的道路上，夏天尘土飞扬，春秋泥泞不堪，五英里是一段相当遥远的距离。人们凑合着过日子，没有医生，而是信任家庭疗法、魔力和咒语。巨变摧毁了传统生活方式，驱使人们离开家园，已被人们接纳，并认为是理所当然的，但它仍然不时地使我感到眩晕。加利福尼亚对我而言，迥然有别于其大多数居民，那些来自北美其他地区的移民。我仍然是那同一个小男孩，他第一次游览大城市，对抽水马桶里的水声惊讶不已，认为他拉了链子而破坏了这个毫不熟悉的设备。我驾驶的任何汽车仍然是可疑的启示录中的野兽，我们小区里只有一个人驯服了它，萨比罗伯爵（Count Zabiello）。

然而，我对加利福尼亚文明的接受，和我提到欧洲时的模棱两可的反应——类似于耸耸肩——不能归诸任何孩子对技术的敬畏。只有几个小时的行程，一架飞机就可以将我从旧金山载到繁荣的西欧，如今这个时代在最新潮的技术工具中自得其乐。在我以沉重的沉默（“是的，是的，但是……”）所拒绝的东西之中,所有那些被迫逃离欧洲的人,不管是否喜欢,他们同样需要承认其中有着必然性。的确如此,我不是大量赤脚文盲中的一员,他们在横渡海洋的时候被锁在统舱里几个星期。作为一个统计数字,我属于新的一批,属于后来的移民浪潮,所谓的人才移民,这是由欧洲的吝啬造成的。同样,我尊重必然性,这对于我和对于一个文盲农民毫无差别。但其他一些东西偷偷地进入我的沉默。也许原型比副本更有趣,而强烈的酒精,至少在许多人的观念中,直接喝比用水稀释后喝更有味道。对二十世纪的沉思并不会让人做出乐观的评价,但是由于不可避免,对峙应该可能发生在这个世纪彻底变得疯狂的地方。我认为参与美国生活是一种荣幸,就像曾经在被极权瘟疫蹂躏的城市,我想过,如果我幸存下来,我的知识会更加丰富,知识的缺失损害了我的同代人的教育,让他们依赖修辞。

我的欧洲友人们,充满着对美国的愤怒,提到旧大陆的魅力?我显然是一个无可救药的欧洲人,我明白他们在说什么。没有人可以成功地定义幸福,但显而易见,幸福的条件之一是不要逾越一个适度的人类尺度。幸福也是一系列触动我们的微不足道的印象,虽然我们对它们熟视无睹——一个城堡的拱壁,一棵树,沙地,一个头发凌乱的卖蔬菜的女人。尝试这个实验:在你去上班的路上,一次选择一条路线,跑步穿越鳞次栉比的高楼大厦,另一次选择一条路线,穿过一个嘈杂的市场,如巴黎圣雅克街。相同的十分钟要么会是枯燥乏味,要么会是生机勃勃。我在渴望与细节之间建立一种感觉上的联系时,这里面有什么不同寻常的东西吗?巴黎的街道给了我很多的快乐,就像法国外省的山谷和丘陵给我的快乐一样,绿树丛中的石板屋顶、田野、人行天桥、树林,密集的独一无二的存在几乎都呼之欲出,每公里都充盈着可以观看与触摸的事物。这不同于缩小到三百英里的加利福尼亚州高速公路,它们位于危险而怪异的景观之中,在裸山上,光显得耀眼夺目。没有什么东西和在欧洲一样令人兴奋、一样壮观;比较起来,它最狂野的景象显得微小且温驯。然而,我记得对野性而浪漫的风景的渴望曾经创造了一种艺术和文学时尚;人们没有被风景所陶醉,当他们的田地环绕着几乎不被斤斧砍伐的森林;相反,这曾是一个平和而温顺的大自然,受人崇敬。一群渺小的人物形象与巨大的景观形成对比,仍然令我们感到愉快,甚至在对自然美最为敏感的大师的画布上也是如此。但是,当这些人物形象正在消失,当他们都只是坐在汽车上的观察者呢?欧洲的风景是其整个过去的一个隐喻——其偏僻小径,其对愚蠢的本地事物的深情依附,城镇的缓慢建立,并聚合成更大的复合体。抽象的城市和抽象的大自然的剧院,一个人开车经过的事物,是美国的隐喻。一切都在窗外,当山脉、沙漠和耕地平原在他下面掠过,飞机上的旅客就像在看电视。"本体论的贫血症"(ontological anemia)折磨着这个国家的居民,这种疾病的最初原因应该在自童年伊始的生活细节的匮乏中寻找,一个由预先编造(prefabrication)所填满的真空(因为汽车预先编造了我们透过窗口所看到的东西)。在这种疾病的症状之中,虚无自中心吞没着一切,一种慢性的饥饿感,当被剥夺食物的生物开始消耗自己时,这种饥饿感就会发生,换句话说,一种徒劳无益感肆虐在一个人的中心,所以人们永远不能确定那个中心是否真正存在还是与自身完全一致。

但毕竟,欧洲的孤傲于事无补,只是掩盖了一个不可逆转的进程。中世纪城镇生机勃勃的细节慢慢地沦落到在博物馆中找到古董的地步,游客被路标引向这些博物馆。人们当然可以在朱丽叶位于维罗纳的阳台滔滔不绝地倾诉,但要抵达那里,你必须穿过另一个现实的维罗纳,这一切都有别于得克萨斯州或加利福尼亚州的一个小镇。博物馆不是什么举足轻重的东西。一名来自美国的旅游者在熟悉而索然无味的东西和不怎么熟悉的东西的边界上犹豫不定,在这个过渡时期做鬼脸,象征这个过渡时期的是欧洲人在汽车轮子背后的行为方式(当欧洲人停止将一个有用的物体视为自己的私人坦克,视为自己的个人力量和优势的表现,那么这一过渡时期就会过去)。高速公路的数量也在增加,司空见惯的日常生活曾经在狭小的街道上运行着自己的路线,如今越来越多狭小的街道被纪念品和可疑的艺术作品的制造商占领。

一个不可逆转的进程,或者至少是几乎不可逆转的,现在加入了这种在美国已经众所周知的疾病,或者一种产生其他疾病的疾病。这不止是孤独,因为它也包括对自己和那些亲近的人的疏远。让它被称为异化吧,虽然这个被滥用的词已经不再有任何意义。在这个进程完成之前,会有一半的尺度,部分的现实,遁入修辞。如果是这样,那么生活在加利福尼亚真的是一个特权,每天喝完全异化的丹药。因为,即便假定人类比普遍所认为的更足智多谋,也只有在被某种极端的病痛所逼迫时,人类才可以开始摆脱自己构造的陷阱。

移　民

破晓时分，大雾笼罩在一片暴风雨肆虐、气流涡旋的平原之上。太阳升起，云开雾散，海湾的水面，岛屿和陆岬的轮廓，摩天大楼的身形，都显露出来。露水从松树上滴落下来，窗边可以听到灌木丛中蜂鸟嗡嗡飞鸣。道路和桥梁的交通量增加，大量微小的点闪烁着。然后，我也加入所有人，每个人都飞奔着追求自己的目标，我成为这伟大行动的一部分。

脚步声、面孔、手势、言语、愿望和它们的兑现对我来说似乎都是奇迹，因为它们持续到另一天。也许对于许多人来说，日常事务每天顺其自然的重复是枯燥乏味又非常正常的，但对我而言并非如此。我的态度是各种不愉快的经历造成的。在我一生中，国家、社会制度、文明、城市分崩离析；对于陷入灾变的人们来说——我碰巧也是这样一个人——生活中的寻常事物，曾经轻松待之，却在记忆中变成失落的珍贵宝藏。任何破坏生命内在野性的东西对我来说似乎都是脆弱的，不断受到混乱的威胁，我猜想混乱是事物的常态。然后到了次日，加满油，安安分分地工作，真的是一个奇迹。

任何存在的东西都可以通过我们对它的渴望来衡量，但人们也可以用合适的近似物来衡量。人害怕痛苦,他逃避身体的痛苦和饥饿,犬儒主义在我们耳边窃窃私语,告诉我们精神痛苦使得性命攸关的事情让位给原始欲求,这种犬儒主义可能是健康的。建立一个理想国家,一个新耶路撒冷,这个想法将第一个朝圣者带到美国,但其人口几乎完全由逃亡者的后裔所构成,他们逃离自己的祖国是出于巨大的必然性。突然,一个前提变得难以克服,这对于拥有精神的人而言并不愉快——即,现实、天然物、材料和实用物都比任何栖居于我们心灵之中的东西更为强大;美国被地球居民的嫉妒、崇拜和愤怒包围,他们大多数人遭受着饥饿或无法无天的政府。

然而,有关美国的流行传说,在欧洲如此强盛,确实美化了不应被美化的东西。与每一个传说一样,借由它选择沉默不语的东西,它保持着强盛和生机勃勃;它只是从复杂的现实中选取充满吸引力的元素。人们怀着一个人思考自杀时所持有的精神决定离开他们的村庄和小镇;他们称量一切,然后走向未知事物,然而一旦抵达那里,他们就被绝望捕获,不同于在古老国家经历过的任何事情。他们习惯于用血汗挣来面包,但他们的工作已被纳入一个拥有传统、信仰和邻居祝福的社区的仪式。死亡是一种惩罚,“他不劳作,不进食”,它是人类命运的一部分,在沉默中被接受,但它不是强加给作为个体的人的东西——这个重轭是由每个人共同负担的,家庭、亲戚、朋友。如今他们中的每个人都被估定为个体,被孤立于孤立的人们中间,他们每天赚取几美元从而维持生活。他们住在贫民窟,那些糟糕透顶的街区,食物和衣服是他们唯一允许达到的目标。他们懂得失业的恐惧和无法命名的精神痛苦，他们对自己的故土充满乡愁。然后他们开始坚持一个伟大的梦想——回去。然而，同时，自尊心不会允许他们承认自己的错误，他们往家里写谎话连篇的信，说他们的生活精彩绝伦。他们知道没有人回去，甚至那些矢口否认自身一切的人，把钱尽数收入囊中而想要回去，他们内心深处却一清二楚，他们在维持自己的幻觉。另一方面，留给他们的稍微更加合理的希望是，在某些时候，他们将从糟糕透顶的街区搬迁到一个健康、安全的家庭，在整洁的小屋中度过日日夜夜，屋子的入口装饰着白色柱子。

顺从于不可避免的事物是普通人的英雄主义。你可以哭泣、反抗，但有些事情毫无商量余地，于是你让自己与世隔绝，去做必须做的事情。他们中的许多人确实搬到了更好的街区，有些人已经积累了最殷实的财富。大多数人将自己的希望转移到孩子身上，只有他们才从贫民窟和工厂住房中搬出来。当富裕让数百万人品尝到了美好生活，一些记忆仍然留存着，虽然不是历史记忆——为什么他们应该关心君主的冒险、跨越边境的战争、革命的输赢？这里，在旧金山海湾边，几乎每一个拥有汽车和房子的男男女女都以一种不可置信的态度对待自己的命运。一个人会记得在欧洲一些角落里长时间的家庭讨论，而记不住买了一双靴子；或者在大萧条时期领汤的队伍，当家里唯一的钱是由他赚来的，一个在街上卖苹果的孩子。或者一个女人生活在这样的记忆之中：面对着窗外死气沉沉的砖墙，一个庭院，在那里一棵瘦弱的树必须代表她从未见过并装点着一个孩子的想象的森林；或者她悲伤地回忆起她的移民祖父的脸，一个从未赢过比赛、从未获得什么的普通人。对于我来说，平凡之事值得赞美，因为历史的火山在薄薄的地面之下恶意肆虐，我们就小心翼翼踩踏在这地面上；对普通人来说也一样，无论他们的理由是什么，每天赢得并确认的成功都被一个准备随时爆发的因素破坏，并让他们回到父辈不得不忍受的无助和痛苦之中。

加利福尼亚的事件

“谁知道呢，也许这块大陆并非注定属于白人，也许还是不管它比较好。”一个欧洲朋友对我说。我会同意他在这些山脉与沙漠中推测出复仇恶魔的强大存在，只有印第安人清楚如何与这些恶魔保持联盟关系。但在加利福尼亚，这些恶魔甚至对于印第安人似乎也没有表现出良好的意愿，他们自我安慰，只因为印第安人依然停留在文明的最低水平，没有农耕，也不使用金属。我也总是困惑，为什么白人绕开加利福尼亚这么久，虽然关于加利福尼亚的信息通过水手的记述早已到达白人那里。但毕竟，那都是些不利的传闻：雾海，焦干的悬崖，难以穿越的森林，多刺的灌木丛。无人能预见柑橘和橙子的种植园，人工灌溉的耕作谷地，生产飞机和用于星际旅行的火箭的工厂。在加利福尼亚，没有纪年的千年世代流逝着，不曾留下任何其他痕迹，除了黏土中发现的燧石箭头，这样的史前史撞上了十九世纪——不是革命者和诗人的十九世纪，而是另一个更粗糙的十九世纪，每个人拥有欲求黄金的同等权利。

但是，有过一个短暂的插曲。令人怀疑的是，一个伟大的人类社会组织计划是否可以从圣方济各[①]的教诲中推断出来，但是一名方济会士，出生在马略卡的朱尼帕洛·塞拉(Junípero Serra)神父，认为他忠实于其修道会的赞助者。当他一七六九年骑在驴背上从墨西哥向北启程，并不渴望增加自己的财富或荣誉；他可能不关心西班牙王室的利益，虽然西班牙担心俄罗斯人侵犯其名义上的财产，派了一个师的士兵陪伴他。朱尼帕洛想要拯救那些从未接触过福音的人的灵魂。他对自己和助手要求苛刻，他的终极目标可能不是要人们彻底受那位来自阿西西的圣徒认可，但这来源于一个深思熟虑的计划，这个计划考虑到了人性的脆弱，特别是印第安人的幼稚心态，而他要负责救赎这些印第安人。他让他们受洗，教会他们耕地和手工制作，期待他们保持对贪财的无动于衷。所以他们一起翻耕土地，把劳动的果实存放在公共仓库里，每个家庭按需从仓库中获取自己的那一部分。得体的礼仪与服饰，严格执行一夫一妻制，参加宗教仪式并服从上司，这些都是强制性的，通过对最轻微的不服从施行鞭打来强制推行。他们的世俗生活方式被制定出来，他们可以期待度过创造者分配给他们的多年光阴，不存在什么巨大诱惑。如果他们服侍于神的荣耀，艺术也不会受到忽视，更多才华横溢的人将在雕塑和绘画上得到训练；他们工作的范型就是圣巴巴拉的使

① 圣方济各(St. Francis)，一一八二年生于意大利阿西西(Assisi)，卒于一二二六年十月三日。方济会(又称“小兄弟会”)的开创者。旧金山(San Francisco)的城市名字即来源于此。

命教堂[①]的内部装饰,那里的西班牙僧侣珍视的大理石人像的仿制品是印第安艺术家用木头砍斫而成的。

卡梅尔教堂[②]中朱尼帕洛神父的小房间保持着原状;他在铁十字架下的狭窄的临时床榻构成了一幅感人的景象——不会大于一张餐桌,在那里他让自己每晚只睡几个小时,毫无疑问令人痛心的是,他不得不因此忍受这副躯体。下一个房间是图书室,我发现里面那些金色书脊的卷册更能诱人去静默冥想。虽然塞拉来自当时正在阅读伏尔泰的欧洲,他徘徊在图书室里,却对这类不虔诚的、稍纵即逝的新奇事物漠不关心。在神学论文的帮助下,他打算组织自己所统辖的小社会,使它与由上帝建立的永恒不变的秩序联系起来。但是,他的事业的失败已经在他蔑视的领域中有所萌芽,那个属于运动、照亮心灵的口号和斗争的领域。欧洲受到一种进步的感染,墨西哥的大地主并不喜欢这种进步,而加利福尼亚是墨西哥最偏远的省份。[③] 在教会(最伟大的土地所有者)的帮助下,一八二一年,他们反叛西班牙国王,宣布独立;迄于那时,有关异常肥沃的教区公共农场的消息早已流传于他们口中。于是他们立刻攫取了农场,他们之间为农场而争吵不休,把少量没有逃走的温顺的印第安人变成农场劳工。这个伟大

---

① 圣巴巴拉的使命教堂(Mission Church at Santa Barbara),位于加利福尼亚州的圣巴巴拉,朱尼帕洛·塞拉神父沿着国王大道(El Camino Real)从北到南盖的二十一座教堂之一,一七八六年十二月四日建成。

② 卡梅尔教堂(Carmel Mission),位于加利福尼亚州,由朱尼帕洛·塞拉神父建于一七七一年。塞拉安眠于此。

③ 一八四七年前,加利福尼亚属于墨西哥,位于墨西哥最北部。

的计划化为了泡影,幸运的是,朱尼帕洛神父那时已安眠在卡梅尔教堂庭院的坟墓里二十多年了。他留下了十几座奇怪的教会建筑,它们由石头和未烧制的砖建成,一条连接南北的道路——国王大道——以及他取的海湾边小村的名字,一些探险记录最初提到过它,叫作耶巴布埃纳(Yerba Buena)。在基督徒指出身体的固有不雅之前,该地区的居民都在裸身行走,并以自己的方式对付冰冷的海雾带来的麻烦——晚上他们在身上涂抹泥巴,这些泥巴会在白天的暑热中剥落。在后来成为旧金山城的地方,裸露自身的冲动是忠诚于这些精神的唯一标志;除此之外,这座城市丝毫也不关心自身的任何遗产,更不用说自愿贫穷[①]的训诫。

承担一个计划(project),正如这个词的词源所表明的,意味着在自己面前提出一个想法,于是它获得了自主,它的实现不仅需要经过发起者的努力,而且事实上独立于发起者。也许每个关于人类社会的计划,都包含着为了那些活在我们身后的人的利益的自我牺牲因素。然而,加利福尼亚的胜利是粗糙的胃口带来的结果,自我的无所顾忌的傲慢毫不羞耻地宣称它只关心自己;在这里,老浮士德博士的梦想无迹可寻。漫步在重建后的罗斯要塞附近,这里距俄罗斯河河口不远,我试图想象曾经居住在那里的笨重的俄罗斯人在邮政指挥官的木屋里围着茶炊安栖下来(所以有别于任何美国人的东西,它是从西伯利亚带来的),或在他们矮小的木头教堂里祷告。至于他们的外交,俄罗斯人并未对印第安

① “自愿贫穷”(voluntary poverty),就是自愿去过一种贫困、朴素的生活。这是梭罗在《瓦尔登湖》中提出的概念。

人发动战争——这些印第安人的领土本来就在俄罗斯人的栅栏之外，或试图改变他们的信仰，而是选择与他们进行贸易，但他们在海岸边排布的大炮表明，计划的大纲存在于他们的头脑中。事实上，大量的海豹，以及一种小动物，其毛皮是最有价值的，即海獭，将俄罗斯人从阿拉斯加吸引到加利福尼亚；造成尚属罕见的海獭濒临灭绝，他们的船舰起了主要作用。在罗斯要塞，我沉浸于历史幻觉，问自己，如果十二月革命那天，在圣彼得堡军事阅兵场，革命军官而不是沙皇尼古拉一世成为胜利者，将会发生什么。在整个俄罗斯，唯有十二月党人似乎赞赏海外扩张的作用，且不太可能如此轻易地放弃要塞。十多年后，它被卖给那些地区最大的土地所有者，约翰·奥古斯特·苏特①，一位来自巴塞尔的冒险家，这次出售没有带来利润，因为运载交易资金的护航船遭到了伏击。我们可以假设，苏特是无辜的，因为缺乏截然相反的证据。

天命论（Manifest Destiny）是否可以称为一个计划，呼吁、强迫美国人走向西部，远至太平洋海岸？但是，在这个口号发明之前，他们就已在路上；着迷于原生自然，它的无尽潜力、它的许诺，他们延长着一条航线，跨越他们和故国之间的海洋。但在这里，甚至复数性也具有欺骗性，因为每个人都有着不同的形态，每个人下着自己的赌注。费尼莫尔·库柏②的《探路人》（*The Pathfinder*）有着内在

---

① 约翰·奥古斯特·苏特（Johann Augustus Sutter, 1803-1880），生于德国的瑞士人，加利福尼亚的开拓者，与淘金运动关系密切。

② 费尼莫尔·库柏，即詹姆斯·费尼莫尔·库柏（James Fenimore Cooper, 1789-1851），美国作家，一八〇三年进入耶鲁大学学习，因违反校规被开除。一八〇六年起在一艘商船上当水手。一八〇八年起在美国海军服役三年。三十岁时开始从事文学创作。一八二六至一八三三年去欧洲考察，曾担任过美国驻法国里昂的领事。代表作为系列长篇小说《皮袜子故事集》，包括《拓荒者》《最后一个莫希干人》《大草原》《探路人》《猎鹿人》等。

的矛盾：探路人来到遥远的地方，远离文明的限制，进入原始世界，未命名的世界；但其他人会立即开始沿着他指示的足迹前进，他不得不一再地诅咒自己并非心甘情愿创造的东西。天命论和征服墨西哥的战争，使整个西部，包括加利福尼亚州，都落到了美国人手中，这两者因此是一个狂野冲动的结果、果实、对它的认可，而不是最初形成的意图的实现。没有人将灭绝印第安人的念头作为至高的、最高贵的任务和使命强加给那些涌向西部的人。他们是受了激情的驱使；白肤、金发对黑肤、黑发的反感是那么强烈，它将印第安人从人类的行列中排除了，一个敬畏上帝、在意子女道德的父亲自豪地杀害印第安人，确信他正在消灭地球上的害虫。许多人被杀，不只是印第安人。欧洲各民族所领悟的基督教再次于全部相对性中得以揭示。假设一个基督徒相信地狱，他宁愿死去，而不只是为了饕餮、酗酒、与女人睡觉，冒着灵魂受到永恒惩罚的危险，在尘世度过一段可笑的短暂时间。所以地狱的影像永远不能取代某些模糊的流行的质疑——影像属于一个正式的、非常必要的仪式，这个仪式在欢欣与畏惧中联络着共同体成员，但是与日常劳动和斗争相分离，正如儿童玩游戏时的严肃和在童话故事中感到的恐惧不会扰乱真实和伪装之间的界限。

战争——但只对捍卫自己的印第安人而言才算是战争。对于白人而言，它们是针对罪犯的警察行为，罪犯的罪行事先已得到确证，因为他们阻碍移民在领土上自由行事，他们毫不迟疑地坚持认为这些领土不属于任何人。征服事实上发生在征服的计划之前，在征服者的热情中，他们并没有大费周章地寻找借口。

加利福尼亚最后一个独立的印第安部落，莫多克(Modoc)，在一八六七年已不再对任何人构成威胁。他们遭到追捕，直至一再地往高处退缩到岩石山脊，他们全都在山上洞穴要塞中带着妇女孩子一起避难。围攻接踵而至：步枪和大炮对弓箭和投石器。然而印第安人都是身手不凡的弓箭手，只是在几个月后，他们屈服于饥饿。这可以成为一首史诗的主题，但永远没有人写出来，因为那个要塞的倒塌意味着该部落及其语言的终结。

称之为妄想吧，但是在这块大陆上可以感受到恶魔的存在，其显而易见的关注点是，基督徒看到了自己的本性，并释放了他的所有残暴。一些无可名状的东西与他头脑中被破坏的思想体系有关，迄今为止，给他奖赏，不是为了让他获得思想体系，而是不让他拥有任何思想体系。尽管拥有整个法利赛主义，一个对这一切了然于心的人往往会对人与人之间施行的暴力漠不关心。欧洲人怨尤着他们自己的战争和极权制度的恐怖，永远不能理解这一点，因为在他们的传说中，美国一直只是一个风景如画的冒险地。

论那个世纪

在这里，十九世纪从四面八方攫住了我。这与建筑毫无关系；加利福尼亚州的城市仍然是营地，只是带顶的四轮马车和帐篷已经被房子取代。难以永恒存在的房子；其上的石膏赋予它们欺骗性的石墙外观，然而它们由木材建造而成，这在西海岸很低廉，更防地震。房子是加利福尼亚狂热地进行摧毁和新建的目标，凭借着某种精灵魔法般的速度，一小群工人戴着色彩明亮的头盔架起了脚手架，盖上了屋顶。所以，几乎看不到一座古老的纪念碑，一座大约有七十年历史的砖头建造的工厂，或者类似于那些西部地区的木头门面，并且竖着拴马桩。唯有朱尼帕洛·塞拉神父所建的布道所由其持久性和与众不同的光泽而与其他建筑区别开来；它们建造的时期正值法国国王被斩首，铁锤在罗马式正门上砸碎了圣徒们的脑袋。不是在建筑方面，但是十九世纪仍然是这里唯一可以感受到的历史：在书中，记载着旧金山放荡的九十年代，以其酒吧和妓院闻名于世，在那个淘金热的年代；在古色古香的商店里，他们收藏的瓶子是从曾为木材营地和金矿勘探场地的附近地区挖掘出来的；在太阳烤得焦干的山丘上的墓地，那里安眠着来自爱尔兰、意大利和德国的移民的躯体，他们大部分是在十九世纪五十年代或六十年代横死的；在富国银行(Wells Fargo bank)的驿马车路线上；在中国苦力铺设的铁轨上，他们在中国营和中国溪这样的地方留下了一连串名字，或者，在零星各处，一座看似波兰乡村教堂的真正的中国寺庙。

我不喜欢十九世纪，尽管它富于才智。即使当我身陷自己时代的可怕事件，既是一名大木偶剧场①的观众也是演员，我一直认为我不会想要生活在那时，而更喜欢已经降临在我身上的东西。这个世纪产生了大量以前从未见过的词汇，学会了使用词语掩盖人类根本的二元性，并且到了前所未有的程度。分泌所谓的文化是一种人的属性，就像一条蚕吐出从自己体内分泌出的丝线；然而，由于每个人也拥有一个身体，他的生理功能无休止地奚落着社会交往和精神惯例的变化不定的规则。我可能搞错了，但我在我们更遥远的祖先身上感觉到，对待这些奇怪安排时拥有一种本能的、几乎非自觉的仁慈。正是他们同意这些惯例，似乎证明他们接受了这些惯例，并以怀疑的态度运用它们。最崇高的异想天开伴随着应和，粗野的捧腹大笑的应和。布道文章、神学著作、十四行诗，均以高贵的人为性背叛了自身，因为它们与不太庄重的知识共存，这种知识通过低劣的幽默表达出来。沉静的、无忧无虑的文学结束于十八世纪——从那时起，不再有任何真正的、无仇恨的色情文学，它其实只在表面上具有微弱的意义。

① 巴黎一家剧场，创办于1896年，以上演恐怖剧闻名。

十九世纪是一个精神的世纪。一种崇高的音调具有强制性,一旦那种音调响起,它就升起了那些同样崇高的新的音调,它们反抗乐器起初所调准的那些音调。精神推翻了惯例,但谁只要打破惯例就会在每个行动中创造出新的惯例——在风暴和压力中获胜,然后变得绝对,变得过于严厉而不允许怀疑的微笑贬低它们。可敬的德国教授戴着睡帽全然陷入了哲学的狂欢。诗人折磨着自己的肉体,这肉体囚禁了那些无边无际的精神。政治家在讲台上诉说着自由、平等和兄弟情谊。飘逸的田园二重奏在牧师住宅吟唱;窗口宁静的书籍与花朵保护一座充满诗意幻想的海岛免受尘世侵害。然而,在近旁的工业城市里,幻影般的人类由于食不果腹而跌跌撞撞地沦落街头。但另一种人类——落入实际,对精神漠不关心,公开表达二元论,因为二元论让祈祷者与饥饿、性的原始冲动之间获得了和解——蜂拥到美洲大陆,征服了它,让加利福尼亚屈服于其意志。那些死于子弹或刀子的穷人,我查看他们的墓碑,这些墓碑位于先前为探矿地点附近的墓地,通常由朋友募捐而树立,他们对康德的评注者们一无所知。他们被驱使到那里,穿过数千英里的海洋或沙漠,甚或绕道合恩角①的海上航行要多走数千英里,出于一种既不智慧也不优雅的欲求。

① 合恩角,智利南部合恩岛上的陡峭岬角。位于南美洲最南端,以一六一六年绕过此角的荷兰航海家斯豪滕(Willem Corneliszoon Schouten)的出生地合恩(Horn)命名。

是的，千真万确，正是十九世纪，出于对每个类似于他们自己的人的同情，成功地揭示出，理想依赖于胃是空的还是满的。社会主义公社和法伦斯泰尔①都会是庇护所，这里没有什么会阻碍理想的绽放，因为对原初欲求的压制会消失殆尽。很快马克思主义也会用物质反对精神，但那其实是一种奇怪的物质，作为理念的物质，产生于哲学的崇高语调。通过一些神秘的法令（神的法令？），物质中所含蕴的精神赋予了它自身拥有的辩证特征，因此物质应该——自动地根据自己的法则发展——不可避免地导致善的凯旋。善，意味着废除私人财产，肯定会足以使蝴蝶——致力于崇高的创造性任务的天使般的人类——从二元性的蛹羽化而出。

加利福尼亚在我看来是一个非婚生子，一幅关于傻瓜的童话故事的插图，或者历史一再玩弄的一个伎俩，以标明历史的运行方式和我们关于历史的想法之间的距离。在海湾另一边的旧金山的摩天大楼——我可以从我的窗口看到它们，只要它们没有被低沉的云所遮蔽——产生于一个劣质的因素，一个可耻的因素，尚未提升到精神的高度的物质。加利福尼亚的州旗，在节假日与美国国旗一起飘扬，是对这个州的愚蠢开端的提醒。

---

① 法伦斯泰尔（phalansteries）是法国空想社会主义者夏尔·傅立叶（Charles Fourier，1772-1837）所构想的空想建筑形式，法语形式为 Phalanstères，意即“大旅馆”，一种社会主义的乌托邦场所，中心区是食堂、商场、俱乐部、图书馆等。建筑中心的一侧是工厂区，另一侧是生活住宅区。他希望建立一种以法伦斯泰尔为基层组织的社会主义社会，在这里个人利益和集体利益是一致的，没有工农差别，没有城乡差别，劳动将成为一种享受，每个人将根据劳动得到公正的分配。

一八四六年,一些美国北方佬冒险家,大多曾是捕鲸人,跳下船只,在索诺马(Sonoma)[①]的小镇喝了相当多的葡萄酒,灵机一动宣布它是一个独立共和国,于是他们逮捕了墨西哥市长,他温顺地投降了,把手枪交给他们。然后他们树立了自己的旗帜,一头熊匆忙地画在了其中一人的妻子捐赠的衬裙上。[②]

---

① 加利福尼亚州的一个县,在旧金山市以北,盛产葡萄酒。

② 一八四六年六月十四日,时值美墨战争初期,加利福尼亚地区的美国移民们由上尉约翰·弗雷蒙(John C. Frémont)率领在索诺马县成立加利福尼亚共和国,国旗为一头熊,二十五天后加入美国。

论西部

这么多话语，这么多关于精神的谈论，西部，建立在那些快枪手身上，浓缩了某种精神信念，但那个电影神话并没有被所有欧洲人接受？西部是加利福尼亚的产物，不仅因为好莱坞就位于那里。在户外场景中，很容易认出熟悉的草山，山上怪石嶙峋，点缀着成片黝黑的多刺的橡树和杜松，那不是莫哈维沙漠，就是内华达山脉的森林。

除此之外，老加利福尼亚报纸上的历史记载可以提供你内心所想要的全部情节，因为幽默报道的艺术在那时高度发达；在这方面，马克·吐温并不是例外。在我青年时期所生活的欧洲城市，一个朋友失去了供职于当地报纸的工作，因为他写了一篇诗体报道，报道了一个遭到唾弃的恋爱竞争者在一个农民的婚礼上杀死了新娘的审判。我还记得诗人的这些话：

在坟墓里，她安睡着，冷如一片鲱鱼。

这种写法冒犯了编辑，他认为这是对人类情感的蔑视。在套索、手枪和驿马车的时代，没有人对美国记者设置任何这样的限制,所以在一个有雾的夜晚,壁炉中燃烧着木柴,端着一杯加利福尼亚葡萄酒,高声读出他们简短、紧凑的故事,令人心情愉快。例如,关于两个小镇之间的世仇的故事,当药剂师称量药粉时,发现来自敌对镇上的一个人;他把药粉末扔在一边,抓起手枪,将子弹射入讨厌的入侵者,而城镇上的其他人透过窗口做着同样的事情。

然而,如果记者的笔根据幽默和妙句的要求过滤和重构实际事件,西方电影本身会全部转变为寓言,将自身的母题形式化,将它们几乎以代数方程进行安排,将人物划分为好人和坏人,充盈着正义的不可避免的胜利。法国诗人布莱泽·桑德拉斯①在环球旅行中没有绕过加利福尼亚,他写了一篇记录文献,《黄金,或约翰·奥古斯特·苏特将军的奇妙历史》,这充分表明了事实与取材于这些事实的西部寓言之间存在着距离。约翰·奥古斯特·苏特显然既不特别善良也不特别邪恶,他不同寻常的冒险缺乏一个幸福的结局。他是巴塞尔一家古老造纸厂的破产的少爷,逃到了巴黎,抛下妻子和孩子,然后又来到纽约,在那里,他以不太体面的方式搞到一些钱,然后旅行到了西部。到达俄勒冈州后,他又去了夏威夷,组织了一场交易,处理在波利尼西亚群岛抓获的奴隶。后来,苏特招募到一批当地人作为工作人员为他服务之后,一艘俄罗斯帆船将他孤身一人丢弃在一个荒芜的岸边(本国的流放犯将要分别到达),即如今的

① 布莱泽·桑德拉斯(Blaise Cendrars, 1887-1961),法国小说家、诗人。生于瑞士,后移居巴黎,一九一六年成为法国公民。欧洲现代主义诗歌先驱之一。

旧金山所在地。这事发生之时，加利福尼亚没有什么白人，除了几户西班牙牧牛者家庭、几十个墨西哥士兵和一个驻军数目超过他们的俄罗斯要塞。苏特获得的土地绵延数千平方英里，从内华达山脉脚下延伸到海边，他建立了自己的主权国家，为了纪念故土，他称之新赫尔维蒂亚(New Helvetia)[①]，他是唯一的主人。他凭借着自己的意志开掘了沟渠，将沙漠变成耕地和葡萄园，他的财富逐年递增。一个由贴身保镖保护的国王，这些保镖是从船上跳下来的北方佬水手，苏特保护为自己工作的印第安人，他向顽固的部落发动战争，他有骡车队拖运欧洲昂贵的货物，包括一架普莱耶尔大钢琴[②]，为他横穿大陆。过了一段时间，他的财富异常殷实，他寄给家人，此时孩子们已经长大了；他们乘船通过麦哲伦海峡，因为这是在巴拿马运河开凿之前。这位法国诗人的想象力被苏特卓越一生所刺激的程度，比不上他的突然垮台，就像他所写的，这类似于莎士比亚笔下的那些国王。出于偶然，在建造磨坊的时候，苏特的土地上发现了金子，这个秘密不可能不走漏风声。新赫尔维蒂亚被无视边界的部落入侵，苏特手下的印第安人被绞死，这里被掠夺一空。苏特随即失去了一切，为他的不幸雪上添霜的是，他的儿子悲惨地死去。在某一时刻，他获得了旧金山建立者的至高荣誉，他被授予将军这个荣誉称号，如今的街道以他的名字命名，萨克拉门托

---

① 赫尔维蒂亚女神是瑞士的象征，Helvetia 也是瑞士的拉丁文写法。

② 普莱耶尔大钢琴(Pleyel grand piano)，由法籍奥地利作曲家伊格纳兹·普莱耶尔(Ignaz Pleye, 1757-1831)一八〇七年制造的钢琴，世界上最古老的钢琴品牌之一。

(Sacramento)的苏特要塞被保留为一座历史纪念碑,这些还有什么意义?在他晚年,约翰·奥古斯特·苏特只是一个破产者,患有不断诉讼的躁狂症,向华盛顿上诉让墨西哥将财产权合法地授予他,恳求国会议员帮助,但是徒劳无获。

这个故事的寓意晦暗不明,就像每一行讲述命运的诗句。虽然法国诗人回避了西部人的天真无邪,他的确将情节构思成了支配文学创作的因素。这篇传记显然可以出现十种不同的方式,每种方式人都有相同的权利声称是逼真的。苏特是害人凶手,奴隶交易犯,能够凭借最充沛的勇气和能量实现梦想的典范,波利尼西亚人和印第安人的剥削者,他们的家长式保护者,农民,教化者,将家人留在贫穷之中的不务正业的潜逃者,敏感的丈夫和父亲,吹牛大王,疯子——你喜欢是什么就是什么。

关于那个往昔的加利福尼亚,关于整个美国,真相难以捉摸,模棱两可,在神话中寻求真相是毫无意义的,这些神话被构想出来,让我们不至于被杂乱无章的世界困扰。除了技艺精湛的射击,手几乎没有离开过臀部,还有在数个星期后最终溃烂的伤口,高烧,大汗淋漓的身体的臭味,肮脏破布铺就的床,尿,粪便,但西部书写从来没有呈现过这些。五颜六色的服装底下受尽虱痒的折磨,脚上摩擦得血淋淋,男女的尸体被扔在一起的一切痛苦,当他们认识到规则不再怎么起作用时拼命求生存,面对这些,一个人不应该无动于衷。在一个人身上,公平竞争背后的诸种动机一团混乱,或缺乏这种混乱,都不能被过分审察。因为白人在与其他人,红种人或白种人,进行持久的斗争时,获得了自己想要的东西,一个将优势理想化的寓言必须让胜利者大为生色，赞颂正义者，谴责不义者。我经常感觉到自己会去预测，有一天，一种完全不同的西部神话将出现在美国，一种西部书写可以从档案和历史记载中提取出那些日子中无从释放的恐怖和怪异。但我不能这么肯定，因为真理仍然会遭到听众、读者、观众的陈旧口味的反对，他们渴望去认同英雄们。此外，让我们公平一点，这些历史记载充满了英雄主义，大部分是无名者的英雄主义。

唐纳山口[①]似乎对我来说是不祥的，无论我在从加利福尼亚州到内华达州的路上多么频繁地穿越它，尽管事实是，书面证词充满矛盾，我不知道与那个地方有关的骇人传说中有着多少真相。一八四六年，唐纳从东部带领着十几个家庭的队伍，当他最终到达山口时已经太晚了，内华达山脉的积雪阻碍他们下山去到山谷。储备物资耗尽，一切可以吃的东西甚至皮革片都吃完了，之后，他们的阵营出现了我们不愿去想象的场景，因为我们缺乏最终的确定性，我们不会屈服于同类相食的诱惑。少数人拥有最高尚的英雄主义，冒着死亡的危险明知不可能而去尝试穿越山脉，并从山谷带来帮助，他们保留着个人命运中不可化约的秘密，就像后来那些铁丝网后面的欧洲囚犯一样。

---

① 唐纳山口（Donner Pass），位于加利福尼亚州内旧金山东部的内华达山脉北段。以“唐纳远征队”（Donner Party）首领乔治·唐纳（George Donner，1784–1847）命名。一八四六年夏，受到加利福尼亚州淘金热的诱惑，有八十七人在乔治·唐纳和詹姆斯·里德（James F. Reed）的率领下踏上前往加利福尼亚州的旅途，这就是所谓的“唐纳远征队”，有一半人死于饥饿。

我与他们

你并非历史学家，那么为什么过去占据了你，为什么你崇敬在美国这里比其他任何地方更加缄默的幽灵？我既不在乎去安抚他们，也不在乎变得不偏不倚。我只是让自己心中的某些愿望浮出水面，从而揭示我在选择一件事而忽略另一件事时所拥有的特殊敏感。此种敏感不同于夏多布里昂①将《阿达拉》(*Atala*)的情节设置在美国的森林里时所拥有的敏感。世界上没有留下什么异国情调之物，当地人不应该隐瞒具有普遍人性的东西。然而，美国的异国情调，包括牛仔和工业产品，持续了很长时间并成为习俗，将美国宣告为一种处于边缘的存在，变化不定，但独树一帜。不幸的是，流亡和流亡中的安居这种特殊情况现在已不再是特殊情况，一种意想不到的变化；它已经成为常态，而且曾经作为常态消逝的东西如今越来越成为例外。

---

① 夏多布里昂(Chateaubriand, 1768-1848)，法国作家、外交家，法兰西学院院士。拿破仑时期曾任驻罗马使馆秘书，波旁王朝复辟后成为贵族院议员，先后担任驻瑞典和德国的外交官，及驻英国大使，并于一八二三年出任外交大臣。著有小说《阿达拉》《勒内》《基督教真谛》，长篇自传《墓畔回忆录》等，是法国早期浪漫主义的代表作家。

我的甜蜜自我与自己十分亲近，就像每个人的自我，只有无法消解的时间和死亡真正压倒了我。然而，我沉浸于人性，服从于人性，它每一天为我创造一个崭新的自我，结果则是，我自己几乎感觉不到本质离我而去。由于我的兴奋、沮丧、愤怒，栖居于此处而不在其他任何地方，由于我在这里进行判断，并被敌人和朋友判断，没有什么比承认我周围的人性是一张压力和影响之网更平淡无奇的，这是我反思的唯一可能的对象，某种既服从又反抗的东西。那么，迄今为止所说的一切依然朝向另一篇关于某个社会的文章？我不那么天真，不会将哲学家送回他们所属的地方从而把陈旧的模式丢在身后。他们的研究范围包括社会学、人类学、心理学，但这些学科并没有给我什么愉悦，虽然他们直接或间接渗透到了我身上，他们如今各行其是，我在他们身上还没有找到多少有用之处。而且，冒着无关紧要的风险，我会说，对我而言，他们的研究就像衣服的剪裁，就像挑中一个耳环而不挑另一个，如商业广告的颜色和生产电视影像的套路；他们是与一个同时代人的姿态联结在一起的风格和结构的一部分，我喜欢过科学，也许只有一种对自信的社会科学进行检验的社会学才会满足我。幸运的是，我不再喜欢科学，因为我会穿上一套科学萨满的装束隐藏自己的喜好和偏见。我自己的平凡让我变得自由，没有人会责备我的愚蠢，如果这种愚蠢是显而易见的，而且，不仅是我的愚蠢，还有强加给我和其他人的愚蠢，我们被驱向这种愚蠢。

活在芸芸众生中间：科学到底与之有何干系！一次哽咽的哭泣有什么意义？然而，意义的确存在，这是一切理性所无法触及的，在眼和手所接触之中，在代词的游戏之中——我-他，我-她，在认同或不认同之中，在永恒的重生之中，在准备就绪的地方之中，这些地方永远被孩子、年轻人、老妇更新着，在幸福和不幸之中，在爱和恨之中，意义是流动不息的生成，是一条河流。这里不可能不提及沃尔特·惠特曼的名字，但并非因为惠特曼是美国人。在狂喜中结结巴巴地说出“活在芸芸众生中间”这句话时所含蕴的真理独立存在于他之外，甚至存在于我读过惠特曼之前，他对事物的感知迫使我搜寻词语，是我所有的好奇心和激情的源泉。惠特曼的“大众”（en masse）[①]所具有的电流在美国肯定比其他任何地方都更强烈，而那个吟游诗人，比一般人所认为的更复杂和更多狡黠的迂回，封闭了自己身上过于私人、过于顽固的管道，并打开了那些支持大电流的管道。当欧洲诗人正在诅咒“地狱般的城市”（cité infernale），与焦躁不安的幽灵们一起居住在冥府一般的地方，惠特曼却赞美、颂扬、祝福着人群及其不可阻挡的向前奔涌。他的工作遭受了失败，因为虽然我们的集体生活经验仍然强大，如今却已经经历了一种痛苦，而他禁止自己体验这种痛苦。美国年轻诗人转向他，这位先驱，他们的队伍的父亲，他们哭喊：“沃尔特·惠特曼，来看看你的预言、你的赞美诗变成了什么。”

假如你要想拯救自己，就让自己从世界中分离出来，扔一根木头到火上，忘掉梦幻般的错觉，因为单独的你才是真实的。是的，当然，我关心灵魂的救赎。但是，无论是修道院、禁食、禁欲

① 这个词出现在惠特曼的诗歌《自我之歌》中。

主义、祷告,还是酒精和大麻,都不能让我不受到栖居于我内心的东西的侵扰;任何人依然可以成为这样一个头脑高尚的傻瓜吗,当他将这种对于事物的感知称为对于人们的爱,而事实上它只是一种依赖?这不仅是一种对既定共同体命运的普遍依赖,这种依赖导致它所罹受的任何灾难既可以毁灭我,也可以剥夺我的水、煤气、电,并让我退化到洞穴人的时代。这是对他的依赖,对她的依赖,因为如果他们无法得到拯救,那么我也不能。这与利他主义毫无关系。他们晦暗不明,如一股岩浆压在我身上,包围着我,并被我的意识提升到超越他们虚妄的希望和欲念,我以反讽的眼光看待他们。甲虫们在数以千计的餐馆和酒馆里翕动着下颚,蜂拥在海滩上,在沙地上成对地紧贴在一起,然后突然之间,它们老去,僵硬,死亡,它们干燥的甲壳在火葬场上被焚烧或被埋在地里。然而,我失去了恩典的状态,这让我把自己排除在别人之外。如果我把他人视为人,珍贵的人,这种状态就仍然是可以忍受的。但是我将他们物化,让他们变成物,从而不能将我排除在外,与此同时,我也把自己变成了一个物。但是当我与特定的人在一起,与男人、女人在一起,他们阻止我成为自己的虚妄的复制品和肖像。这与"活在芸芸众生中间"的几乎浩瀚无边的体验并无矛盾,只不过这种体验很少令人愉悦。

野兽的肖像

什么样的水泥与铝的斯芬克斯狂怒地打开他们的颅骨，吃掉了他们的大脑和想象？

摩洛[1]！孤独！猥亵！丑陋！垃圾桶与不可获取的美元！楼梯下尖叫的孩子们！军队里哭泣的小伙子们！公园里流泪的老人们！

摩洛！摩洛！摩洛的梦魇！摩洛这冷漠无情的！发疯的摩洛！摩洛这人类的笨重的审判者！

摩洛这不可理喻的监牢！摩洛这骸骨横陈的无灵魂的监狱和聚集痛苦的议会！摩洛的建筑是审判！摩洛这战争

---

① 摩洛(Moloch)，上古地中海东南岸地区流行的神，迦南人、亚扪人、希伯来人、腓尼基人等民族都信奉这位神明。古迦南人将子女作为祭品献给摩洛，放到火里焚烧，祈求神明保佑。《旧约》上记载："所罗门为摩押可憎的神基抹和亚扪人可憎的神摩洛，在耶路撒冷对面的山上建筑邱坛。"(《列王纪》上，11:7)

的巨石！摩洛这使人愕然的政府！
摩洛的头脑是纯粹的机器！摩洛的血液是流淌的金钱！摩洛的手指是十支军队！摩洛的胸口是食人的发电机！摩洛的耳朵是冒烟的坟墓！
摩洛的眼睛是一千扇盲目的窗子！摩洛的摩天楼站在漫长的街上犹如无穷无尽的耶和华们！摩洛的工厂在雾中做梦并呱呱叫！摩洛的烟囱和天线为一座座城市加冕！
摩洛的爱是无穷无尽的石油与石头！摩洛的灵魂是电与银行！摩洛的贫穷是天才的幽灵！摩洛的命运是一团无性的氢云！摩洛的名字就是心智！

金斯堡，《嚎叫》

吟诵着自己的歌，将惠特曼进行里外翻转，艾伦·金斯堡就是“每个人”（Everyone）。每个人，无论他是否接受过教育，其身体都在一块冰冷、闪耀、极为坚固的厚板前畏葸不前，这块厚板由金属、玻璃、混凝土或视觉或触觉不能含纳的合成材料所构成，这个身体也会在隐藏在那副盔甲背后的力量面前畏葸不前。于是，一只毛毛虫适应了粗糙而多孔的植物，在一辆上蜡的汽车车篷上显得不知所措；一只蜜蜂付出可笑的努力撞击玻璃窗，表明它遇到一种类似于凝固空气的透明障碍物时多么猝不及防。一块厚板、一面墙或者一台蒸汽压路机开始自动移行,其运动独一无二,具有数学上的必然性,它逼近,变得越来越大——于是你做了被碾压的梦之后醒过来,出了一身冷汗。当然,从飞机上看下去,这片大陆荒无人烟,皮肤就像是大洪水以前的野兽,亚麻色,浅蓝,黄色,有时森林成为皮毛;有时,经过一小时,也不能证明下面那片陆地有人栖居,唯有零星分散的城市的霉菌加厚了,在夜晚散发着五彩缤纷的光芒,那是东部、西部和中西部三个城市带的硕大无比的霓虹蜂巢。当然,美国还有一片灌木丛、绿树和草地、木屋棚、篱笆、锈蚀车辆上摇曳的野草构成的地带。但是,摩洛的标志依然遍布各处,所有的城市是一个城市,所有的公路是一条公路,所有的商店是一家商店,一千英里的旅行毫无意义,因为无论你走到何处,你都会遇见那同一面移行的墙。

为何一个人会颤抖,畏葸不前,退入自己脆弱的、受到威胁的肉体?归根结底,围绕他的东西都是他的创造、他的制作,他把这些东西凭借一己之力带入存在,作为自己的矛盾来对待。但那不是真的——他,那个个体,触摸着自己,在镜子里看着自己眼睛和头发的颜色,并不承认自己与之有因果关系,他是对的。不是他,而是他身上扮演统计数据的另一个人,要对此负责。他受他人宰制,又宰制着他人,通过最为人性的方式,服从于自己的需求和欲望,他创造出某种非人性的、超越人性的东西,反过来对抗他的需求和欲望,逃避他所控制的东西。那里,这东西就站立于他面前,虽然看上去是属于他的东西，其实并不是，它“处于外部”。我说了大量关于自然的话语，这并非偶然。这片大陆上的魔鬼们的最大诡计，它们从容不迫的报复，都在于放任自然，并认清自然是不可以受到捍卫的；但是，作为对自然的代替，涌现了那种文明，它对于其成员而言似乎就是“自然”本身，被赋予另一个自然的几乎所有特征。对于我，一个单独的、可触知的人，它却是相异的、敌对的，在其反对意义的方面，又令人费解；它由自身的法则支配着，这法则与我的法则没有共同可言。不同之处是，那个老的自然充满诱惑地展示自身，时刻准备着顺从。我们能够开掘隧道穿过山脉，灌溉干涸的平原，在野牛与雄鹿吃草的地方耕种果园和葡萄园。那个新的自然，蕴含着如此巨大的能量和成就，以至于比个人的力量更强大的力量凝缩进入其中，让我，让你，让每个人变得孱弱无能、躲躲闪闪，伴随着唱片机音乐和壁炉中的火而孤独落寞。

在何种程度上，一加一加一可以影响那个新的、第二自然，赋予它以方向，不属于这里的话题，因为与一篇政治论著的任何相似之处事先已被排除了可能性。孱弱无能不仅栖居于意识之中，而且，可以毫无夸张地说，它比意识更加幽深。意识越是高级，就越可以理解齿轮的互相啮合，越可以理解永动机，曾经归属于激流的河道与已经溢出先前河道的洪流之间的不可通约就越发一目了然。将人们凝聚在这个或那个标语下的知识时尚、口号、纲领，它们默然接受的短暂性从内部受到了削弱。这一切曾经数不胜数，然而被消化了，彻底崩溃，被一只拥有第二自然的所有冷漠的比希摩斯[①]吸收了，而且它变化越多，就越是千篇一律。一种更加低级的意识信任那些有关公民学问的课本，但是它们停留于算术，停留于一加一加一，对隐藏于算术背后错综复杂的决定因素漠不关心。然而，就是在意识的阈值下面，存在着一种怀疑，可能是由于最初是农民，会怀疑任何变化的可能性——某个强大的存在处于幕后某个地方，其持久不断的阴谋似乎预先决定了一种像四季一样规律的社会秩序。不过，这有点幼稚；更高级的意识懂得并不存在这样的阴谋，懂得机能为机能而产生了机能，让更高级的意识感到恐惧的恰恰是此种非人的整全物，它可以像冰川一样推进。

一个人，脆弱、暖血，并非作为概念的人，而是一个既定的个体，又如何可以反抗它呢？作为独一无二的造物的人和作为一个无足轻重的人、无意识的共同创造者的人之间的区分如此鲜明，也许这就是美国这欧洲的私生子的渴望吧，渴望创造一个具有普遍意义的寓言。

① 比希摩斯（Behemoth），《旧约·约伯记》中的怪兽。和合本译为河马。上帝在创世第六天用黏土创造了比希摩斯和利维坦（Leviathan）。《圣经》对比希摩斯的描述如下：“你且观看河马（比希摩斯），我造你也造它，它吃草与牛一样，它的气力在腰间，能力在肚腹的筋上。它的尾巴如杉木般挺直，肌肉如石头般结实，骨骼如铜铁般坚硬。”（《约伯记》40∶15-18）

什么是我的

明智的人在他们糟糕的时候羡慕
卑微的人像蚱蜢一样寻欢作乐
在阳光四溢之处，不太思索
往昔，也决不思索未来，倘若他们
不知怎的抓住了未来，那也是
在睡眼惺忪之际，凭借着一代人的工具
愚蠢地重复着
三十年内的蠢行；他们也吃，也笑，
抱怨劳动、战争和离别，
跳舞，谈话，穿衣和脱衣；明智的人假装
　夏天的虫子令人羡慕……

罗宾逊·杰弗斯[①]，
《明智的人在糟糕的时候》

---

① 罗宾逊·杰弗斯（Robinson Jeffers, 1887-1962），美国诗人，以有关加利福尼亚州中部海岸的诗篇著称。一九一四年后一直居住在加利福尼亚沿海地区。一九二四年因发表《泰马及其他诗篇》一举成名。

我的头发，我的胸口，我的手，和我的生活及其对我那么休戚相关的日子。唯一的问题是，如果头发、胸膛和手没有被笼统化，它们是否真正属于我；我生命中的日子一旦指向普遍范式中的某些点，是否就失去了其重要性。电视、杂志、电影、广告牌从四面八方包围我，它们煽动着健康和幸福；我如何洗漱、吃东西、穿衣服，都成为别人的关注对象，我必须在为线条最柔美的衬裙做广告的无数裤裆里、在穿着最诱人的胸罩的乳房里，在抹着最优质的润肤油的肩部肌肉里，看见我自己。如果我是一只鱼龙或一个来自另一个星球的外星旅行者，我就可以将所有这一切看作线条和颜色在闪烁，然而我是人类，我受到无尽欲求的挑逗，这些欲求将我击碎成各个部件，并以有限的零件重新构造了我。我对男性和女性的身体了如指掌，除了一些特殊或私密部位，在海滩或游泳池，我置身于一大堆可相互置换的臀部、颈部、大腿中间，我的每个器官也是可相互置换的。我被称重和测量，适合我的卡路里的数量已得到计算；我必须接受这事实，我的汗水像其他人一样发臭，既然每个人都应该在腋下擦除臭剂；口臭不仅是我的苦恼，因为屏幕上的年轻男女的嘴唇求索着亲吻，却带着一种厌恶的痛苦表情彼此转过脸，他们吞下药片，与酸性的胃做着斗争，然后沉浸在无比的幸福中。但是，我待在浴室里的那段时间也不得空闲，因为卫生纸从广告中向我叫喊，承诺会杀死肛门里的所有细菌。

解剖图谱在我面前不断地展开；一只手持着教鞭指向肾、肝、心、生殖器，解释它们的功能。无论我是否愿意，我开始进入红血球和白血球、新陈代谢、排卵、细胞生长和萎缩的奥秘。假如我的健康开始衰退,诊所的白色走廊就会等着我;高效、没有人情味的白衣姑娘会翻转我赤裸的身体,就好像我是一个人体模型,递给我一根玻璃管让往里小便,把我安放在 X 光机后面,为我抽血进行化验。

但我总是赤身裸体,而不仅仅是一个物体。我的器官,那些被皮肤覆盖的器官,和那些被其他器官覆盖的器官,是赤裸裸的,构成我的传记的那些事件也是赤裸裸的。这些事件分为两类——一类绚烂地实现了童年、青春期和成年的规范,另一类在我与人的关系中破坏和撕裂了一些东西,这里由此出现了“问题”。对我来说,那些是私人秘密,但我知道我错了,因为所有这些问题已被分类记载、得到描述,拥有大量实例,但不是我,而是心理咨询师拥有开启它们的钥匙。与精神分析咨询师的谈话让我获得极大的宽慰,因为他让我感觉自己是在普遍的平均化中被单独拣选出来的;我独特的品质肯定起了作用。在宽慰之外,这还是一种强烈的乐趣,毕竟,有人正沉浸在我的命运的细节之中,而我的命运对其他人而言似乎是可以置换的,是匿名的。然而,我意识到,练习的目的是让我彻悟——也就是说,将原因和结果联系起来——于是,我的痛苦的自我被抛诸脑后,如今我已经将其视为诸多别的事物中的一个而已。

集体的密集实质包围着我,它晦暗不明,冷酷无情,守持另一个自然,但至少我被分派了一个领域,我可以在里面自由运动,关注自己的身心健康,享受着机体毫无误差地运行带来的幸福,活在芸芸众生之中。然而,当我必须成为自己的避难所,从而对抗文明的压力,我们所有人,包括我自己在内,所藏身其中的那个世界,那另一个自然,爬到我身上,不断提醒我,我的独特性是一个幻觉,甚至在这里,在这个我自己的圈子里,我被缩减为一个数字。

诸多宗教之混乱

上帝死了。

尼采

尼采死了。

上帝

加利福尼亚州伯克利

一张海报上的描述

只有上帝能拯救我,因为在向他攀升的过程中,我就超越了自己,我的真正本质不在我身上,而超越我之上。就像蜘蛛,我爬上一根线,那个线程,毋庸置疑仅属于我一人,被绑定在我所来之处,绑定在一个"你"(Thou)所居住的地方,这个"你"称呼我为"你"。在美国,所谓的宗教重生不受工业化前乡村共同体的法则约束;那些沉闷的无神论者也不会理解这一点,他们是反过来的宗教狂热分子,在许多国家里,仅仅因为那些朴素的人们教孩子画十字而压迫他们。此外,如今传播着的二手观念过于模棱两可,其混乱应该得到分析;然而,障碍重重,这种分析寥寥无几,所以,为了符合我的目的,我冒险进入模糊不清之处,只能借由盲目的感觉而移行。

上帝无处不在，就像日常卫生和药物治疗的产品，上帝在美元中，“我们信仰上帝”[1]，民族之神，既定秩序的保证人，帮助那些信仰他的人，让他们的羊和骆驼得以繁衍，或让他们的机器增多，惩罚非信徒，要求人们做出选择：要么与他在一起，要么反对他，赞成人们的分隔——我们正派，他们不信神。民族和个人的财富是其与上帝良好关系、顺服与美德的外在证据；贫穷泄露了内在的缺陷，证明了严重的过失。通过参加教会，一个人向邻居展现他是值得信赖的，因为，无论他有理由感谢上帝，还是他在那里参与仪式这一事实，都意味着神的保护将免除他的毁灭。不幸的是，上帝的本质正在枯萎；他的名字，由人们在讲坛和公共法庭说出，却与罗马帝国诸神的名字一样空洞，仅仅表露出对于传统价值的忠诚。此外，这是一个遭到不断增多的人憎恨的上帝。上帝变成了笑柄，一个行事落伍的退隐的朱庇特，没有人真正敬畏其存在。

宗教是具有自身结构的整体，它们抵抗周围发生的变化，就像广场上的教堂塔楼抵抗由繁忙的交通引起的震动。然而，它们并不能完全受到保护，隔绝于围绕它们的运动，隔绝于逐渐使它们坍塌的东西。正如物质的教堂已经不再是一个城市的焦点，因此，宗教体系一旦拥抱哲学、科学和艺术，就已经从这些学科中被切除，新的体系对宗教心怀恶意。我栖居其中的文明否定宗教，但是保留其外表，大量组织得异常完善的教会及其经济

---

① 美元上面印着这句话：In God We Trust。

力量,使情况变得晦暗不明。我生命中的每一天,连同其大量的感知活动,训练我如何反宗教,在一片由水泥管道、汽车墓地的废铁、工厂、墙皮脱落的窝棚组成的险恶风景中,我无法在写着“耶稣拯救世人”的巨大霓虹标志上找到任何清晰的目的。如果不是人类把所有这一切放置在此处,那么是谁做的?这是人类干的,但并非全然如此——人类割裂了自身,被由自身的交互作用所产生的令人惊异的排泄物超越了。我打开车上的收音机,再也无法将作为智慧生物的人类与这种爵士乐与具体音乐并存的莫名其妙的布道、煽动和咒语联系在一起。确实,语言通过人类言说,而不是人类通过语言言说,这可以走向万能的自我永恒的形式。我的存在被暴露于大量杂乱无序的象征符号面前,剩下的一切就是探寻我的存在产生的影响。这破坏了我的信心,共同语言被摧毁,而其他人,虽然拥有自己的行为方式,却必须被像动物物种那样对待,他们只是存在着,这种宽容使人类世界产生了惰性,变得被动,让人类世界转变成了自然。因此,我想起古罗马,对我来说,圈子已经封闭,我是一名观众,那时的场地是为基督教而准备的,虽然现在,反过来,基督教本身也许只是众多垂死的宗教之一。如今与在罗马一模一样,当竞争着的诸神不得不发生激烈的骚乱,人们都清楚,每一个神都是虚伪的,只是些能说会道的家伙,知识传播得越广,就越会如饥似渴地抓住纯粹的语言礼仪化形式并用于互相宽慰。

然而,这只是一个表面的论证,这些分类过于笼统,无法囊括一些根本的东西。如果除了所有的因循守旧和习以为常之外,仍然有一些个人,无论男女,一起进行宗教崇拜,我就不能为自己篡夺旁观者的安全位置。我不能假设他们在所思所感方面与我截然不同。每个人都是开放的,可穿透的,并且无意识地吸收由科学技术所创造的图像,最小的工具也包含着一个世界观;与此同时,每一个人,由于他或她的人性,都有着深刻的崇拜需求,每个人所造成的矛盾也发生在我身上。我承认我们对崇拜的欲求与我们对自己的关注是一脉相承的,我看不出什么可耻之处。唯有当人的生活不是它现在的样子时——一种根本的剥夺,一种不可能,一种本不能承受却出于盲目和英雄主义的混合而承受了的负担——那才是可耻的。我渴望得到一个注视着我的上帝,他会增加我的羊和骆驼,会爱我,在我不幸时帮助我,拯救我脱离死亡的虚无,我每天都可以向他表达敬意和感激。上帝应该留着胡子,漫步于天上的牧场。斯威登堡证明在天堂遇到了特别多的非洲人,这绝非偶然,因为他们天真地想象过上帝,把他想象成一个善良的老人。唯有一个相似于人的造物主可以在这里为身处岩石、水域和其他生物体中间的我们带来例外;唯有他的嘴唇才能说出一个有意义的声音,唯有他的耳朵可以听到我们的话语。无论什么概念阻止了上帝的人性化——毕竟,圣托马斯·阿奎那受到我们不完善的语言的干扰,建议只反思上帝不是什么——人类还是安排了一些事物,从而让神不失其可亲近性,然后固执地回到他们创造的雕像和绘画,将特殊的敬畏献给装扮为男人或女人的诸神,基督和上帝的母亲马利亚。甚至《旧约》里的耶和华,其突如其来的、瞬间爆发的愤怒,为燃烧的灌木之火所遮掩而遁形,也成了一个真实的存在,一个声音,一个呼吸。我们关于宇宙想象的革命始于哥白尼,从此,保持神的可感性越来越困难,尽管根植于大众想象的空间感并没有一下子失去其等级关系。如今,这个空间(一个延迟到来的牛顿空间)被强加给每个人,使得我们难以将上帝(the One)视为一个普遍参考点,即便上帝(the One)被缩减为一个发光点。此外,没有“第一因”可以满足我受到护佑的渴望。站在游泳池边,我看着微风把甲虫卷入水中。水面在阳光下闪闪发光,随着甲虫焦躁不安的动作荡漾;下面——一个透明的蓝色深渊,直达贴着瓷砖的游泳池底部。我扔给甲虫一小片树叶,但是,它不是去抓住叶子,而是狂野地划动着腿,树叶漂开去了,被甲虫自己所掀起的涌流推远。这令我很沮丧,因为我穿着衣服,不能去救它;如果我一刻钟后回到这里,甲虫就会淹死。也许这就是我的命运的寓言。机遇辖制着多得不可思议的生命个体,甚至假设我身边存在着更高级的生物,它们对我而言是不可知的,就像我之于甲虫,它们有着怜悯的冲动,我们的相遇取决于偶然,正如我为甲虫提供了没有派上用场的机会。因为地球已经失去了介于天堂和地狱之间的特权地位,因为人类已经失去了作为一个选民的特权地位,因为一切都服从于冷酷的因果法则,于个体命运来说则呈现一种偶然性。所以我并不指望我的结局有别于甲虫的。如果甲虫无法不朽,那么我的灵魂的不朽似乎是一种篡夺,一种冒犯。

宗教有着无法表达的方面,但它的象征符号必须不断地在想象中得到再生,汲取生命的汁液。想象,一旦被剥夺了功能,虽环绕在象征符号周围,却不能让它们获得生命,让它们成为我生命的一部分,这一切至关重要。因此我觉得我的存在缺乏足够的理由;我从虚无之处来到虚无之处,这让人难以忍受。如今,“转向宗教”与其说是顺应社会,不如说出于恐惧:让我们对传统规范的崩塌作出反应,**好像**(as if)宗教,这神秘的守护者,所教导我们的一切都是真理。你悬搁你的判断,你在教堂里和其他人一起高歌,正是因为你怀疑你有能力解开所有那些复杂的问题。只有**我**才有困难,只有**我的**心灵仍然空虚,无论多少次,我试图从我的想象中提取一些东西。这里,我身旁的其他人并没有这样的困难。尽管我不愿承认,但他们每个人对我也怀有同样的想法。因此,集体的信念从个人的不信中累积起来。

但我,被封闭在我皮肤的边界之内,易被摧毁也深知被摧毁的可能,是一个说话的生物;也就是说,我需要对着“你”诉说,我不能对着云和石头说话。现存的宗教只能部分满足人类对于言说的渴求,或者根本无法满足。当那种满足感消失,整个文明就充满了期望和追求宗教的光环。

论天主教

成长于天主教环境中，我对美国天主教令人瞩目的成功并非无动于衷；我阅读它的报刊，我拥护某个世人皆知的人物，而反对某个其他人物，我甚至可能是一个良好的教区居民，或者可能不是。将人们划分为信徒和非信徒总是让我有些不安，因为它假定了一种质的飞跃，一种对于"信徒"和"非信徒"而言相互有别的本质。除了一些例外，我怀疑，我们在这里进行划分，区分信或不信的意志，是基于相对于问题的核心而言的次要考虑，我还怀疑那些每周日参加弥撒的人的想象力与那些从未踏进教堂的人的毫无二致。我甚至要推进一步——想象力必须克服让热情与生命回归宗教象征的困难，其本身可能是天主教大获全胜的一个重要因素，天主教不喜欢私人的冥想和要求，或至今对上述一切拥有着权威。天主教更为安全，做出抉择时并非完全关心一个人的信仰，但是关心对权威的服从或反抗，责任被转移了，信仰者遵从一切——他们下跪，起身，再次下跪，吟唱，吃圣餐，所有这一切在仪式中完成，在冷静的状态中完成。

为了体验我们的饥饿和痛苦，温暖、具有人性的上帝获得了肉身存在，所以我们不再注定要抬头凝视上空，而是可以从言说中获得滋养——和我们一样的嘴唇将其说出。神人[①]并不分享我们骄傲和荣耀的时刻,而是在我们身处不幸、奴役和对死亡的恐惧时与我们同在。他同意接受苦难的那一刻征服了时间;几个世纪的变迁与文明的流逝是微不足道的,短暂的;水泥、玻璃和金属的荒原不会让人有别于基督在加利利[②]对话的那些人。他仍然有权宣布:“我就是爱。”儿子和他身边的“母亲”[③],永远的母亲,她永远为她孩子的痛苦而悲伤不已,是他的保护者和代祷者;因此,在想象中,三位一体的教条不知不觉流入另一个未经系统阐述的教条,即圣父、圣母和圣子的三位一体。三位一体的光芒证实了生者和死者的共同体,圣徒之间的交往,对话,还有代祷。以此种方式,一个纯粹的人类空间充盈了从眼睛到眼睛、从手到手流溢的光,充盈了祷告和恳求的声音,这个人类空间在物理空间的旁侧被构建出来。事实上,过去和现在,全人类是一个存在于寻常空间和时间之外的教会,一个反对宇宙必然性的教会。天主教是最人类中心主义的宗教,在某种意义上,由于其过度的神圣人性,它抵制那种泯灭个体的科学,因此,矛盾的是,它比其他宗教更不容易受到科学技术的影响而瓦解。在天主教中,甚至天地,上帝的降临和上升,不像世界之间的关系,而像人类之间的关系。

然而,与此同时,由于天主教教义如一个建立在峭壁上的堡

① 神人(God-man),即上帝的化身,也指耶稣基督。

② 加利利是巴勒斯坦北部地区,耶稣基督的大部分职事发生在加利利海边。

③ 即耶稣基督和圣母马利亚。

垒,不能被拆除,因此,构成其力量的也是其弱点。心灵接受了信号,警告它不应在教条的壁垒和信仰的秘密之外冒险,而应该向那些它始终觉得荒谬(即使在违背其本心的时候)的事物谦卑屈身。这种禁止是有价值的,因为天主教意味着参与一次盛筵,分食变成了基督的实际身体的面包。受理性主义侵染的头脑试图解释一点点面粉和水如何也可以成为上帝的身体,这就导致茨温利[①]提出主张,认为基督在圣饼上的存在纯粹是象征性的。对于新教徒来说,这是对圣餐的信仰衰落的开始;也就是说,圣礼节日终结的开始。但是,有多少天主教徒在接受圣餐时,不能克服自己的疑惑,诉诸象征性的解释,因为他们的头脑既不能超越也不能避开这个障碍?

不参加周日弥撒是一种致命的罪,在接受圣餐之前,必须通过忏悔来解除这一罪和其他致命的罪。但是,信徒不能掌握原罪的意义,原罪通过教义问答而被简化为对禁忌的打破,他们也不能掌握一般的罪的意义。罪如今被消解为一系列心理和社会的决定因素,它正在被普遍化,变成一种无差别的内疚感,而且通过忏悔室的格栅轻声说出一个人违反一些规则而产生的罪过,似乎毫无意义;精神分析师的自白方法已经教导我们,匆匆向牧师叙

---

① 茨温利(Ulrich Zwingli, 1484–1531),又译为慈运理,出生于瑞士威赫斯城,瑞士的基督教新教改革运动的领袖之一。原追随马丁·路德,后来自成一派。一五二九年在马堡举行与马丁·路德的联盟会议时,双方企图协调在宗教改革思想上的分歧。茨温利反对马丁·路德在信徒聚会中保留如唱诗、圣餐等仪式。马丁·路德认为在圣餐礼仪式中,基督的确是亲自降临。而茨温利则认为圣餐礼只是一种象征的纪念仪式。会议至终无法在圣餐礼问题上取得共识,结果两派分离。

述的东西不会是真相,宽恕不过是通过假装悔恨来获取的,而实际上人们则把自己过去的过失视为或多或少不可避免的行为。

在真诚的时刻,几乎每个天主教徒都会毫无疑问地承认,他无法将相互独立的教义要点统一起来。因此,例如,《信经》①不要求信仰灵魂的不朽,只要信仰身体和永恒生命的复活;这与从骨骼和肉体中解放出来的灵魂的星空旅行截然不同。但是,与此同时,想象必须去应对关于永久惩罚的奥秘,因为罪恶如此深植于某些人身上,以至于它让我们回溯到另一重奥秘,关于宿命与自由的奥秘,因此,身体的复活与永恒的肉体折磨息息相关。

但是,难道一个希望去理解他所信仰的东西的人不会犯错吗?若不是天主教数世纪以来努力"围绕"教条建立一个宏伟的知识结构,若不是天主教神学家们将所有人的存在问题诉诸推理演绎,那么,我们很可以提出异议。一旦教堂长凳上的一个崇拜上帝的人并不让自己限于盲从(这无论如何不可能),他就侵犯了由神学耕耘劳作的领域,这绝不意味着他必须阅读什么神学作品。天主教所要求的知识结构强调当代心灵在那里遇到的障碍。因为这个系统,完善于十三世纪(远非更新,不管人们怎么说),属于另一层次的文明,另一种"知识",然而曾经清晰透彻的体系结构如今变得不那么不证自明了。

① 《信经》(*Credo*),拉丁语 credo 原意为"我信",一些古老信经的经文常以此词开头,后衍化为对这类经文的称谓。一至二世纪各地教会信徒在受洗入教前,必须学习和诵读简短的"洗礼认信式",后形成信规,或称真理规范。三至四世纪逐渐成为有专一格式的信经。在各派间流行最广的有《使徒信经》《尼西亚信经》和《亚大纳西信经》,三者称普世信经。此外,天主教、东正教和其他一些教派另有本派的信经。

天主教徒在儿童时期接受的训练倾向于尊重神秘;生死在重重意义之下隐蔽其深邃。神秘迫使人谦卑地服从于权威,这个权威从上帝的意志中获取权力,但是心灵在顺从和希望之间摇摆不定,希望有一条路通向堡垒的中心。如果不是为了那个希望,在美国教堂门廊里就不会摆放着平装天主教哲学著作。然而,我认为,当一个信仰宗教的人将一卷《神学大全》[①]带回家并坐下来进行严肃阅读时,他也在做一个决定,这个决定与决定"信仰宗教"并没有什么不同。他所遭遇的思想带来不可逾越的阻力,使他疲惫,可以说,让他合上眼睛的睡眠标志着承诺与其失败之间的界线。

《神学大全》和加利福尼亚——构成了一个意味深长的并置。加利福尼亚州,被太平洋冲刷着,面向日本诸岛和亚洲最原始的大陆敞开着,它属于这片大陆即美洲大陆。——或者也是地球上的一个独立部分,因为加利福尼亚不仅仅是北美洲的一个州,风从远东越过海洋到达这里。这是一个朝圣地,属于神秘组织的追求者,致力于印度教和禅宗的出版物,属于传讲借自喜马拉雅山脚下僧人的智慧的先知们;也就是说,这座都城里的一切都有悖于西方人对精密思想的迷恋,后者对托马斯·阿奎纳及其世俗传人非常珍贵,如今却被认为是无用的和有害的。这是一场巨大危机的开端吗?毕竟,加利福尼亚的先知们赖以为食的科学技术恰恰发展于经院哲学派及其对手出于共同的设想都开始假定思想运作和世界运作之间可能和谐共存之时。

① 天主教神学家托马斯·阿奎那(Thomas Aquinas,约 1225-1274)的庞大著作,分三集,包括三十八篇论文,六百三十一个问题,三千个条目和一万个异论。

卡梅尔[①]

大陆尽头

春分之际，当大地隐匿于晚雨，锦簇着湿
　罂粟花，迎候春日，
海洋由于一个茫远的风暴而膨胀，冲击
　边界，岸涛摇撼着花岗岩床。

我凝视着花岗岩和浪花的边界，耸立的
　海标，我感觉到了身后
是山峰和平原，广阔无垠的大陆，我眼
　前，是一大片海和陡立的水面。

我说：你用熔岩与藻饰南方的星罗棋布
　的珊瑚联结了阿留申群岛的豹岩
越过你的洪水，那生命面对我们，追寻着

① 卡梅尔(Carmel)，一个位于美国加利福尼亚州蒙特利半岛的海滨小镇。

日出，跟随着黄昏之星。

久远的移民与你相遇在对面，这对你来
说什么也不是，你忘记了我们，母亲。
当我们从子宫里爬出来，躺在潮汐线上
太阳的凝视中，你年轻了许多。

这是很久很久以前；我们自那时以来变得
傲慢，而你变得愤愤不平；生活留存了
你行动自如、柔和、不安的力量；羡慕坚
硬，这石头的睥睨一切的静默。

潮汐在我们的静脉里，我们仍然映照出星
辰，生命是是你的孩子，但在我身上有着
比生命更苍老和更艰难的东西，更无私的
东西，还有眺望着眼前一片海洋的眼睛。

这眼睛眺望着你从冷凝的薄雾中填满你
的岩床，眺望着你改变它们，
看见你的柔和，暴烈地磨损你的边界，吞
吃岩石，与大陆替换位置。

母亲，虽然我歌吟的节拍就像你惊涛拍岸
的古老韵律，然而我从未在你这里学过。

在没有什么水之前，有着火的波浪，我们两
人的音调从更加古老的源泉中流溢而出。

罗宾逊·杰弗斯

大瑟尔[①]为大名鼎鼎的嬉皮佛教徒修行处，离其陡峭的海岸不远，是卡梅尔小镇及其教区，朱尼帕洛·塞拉神父的坟墓，以及另一个遗迹——诗人罗宾逊·杰弗斯建于水边的石头房子，只有寥寥可数的人记得它，如今的旅游度假胜地在那时不过是个渔村。在那所房子里，杰弗斯写下许多作品，倾心于表达一个观念，自然，极其完美，极其残酷，极其无辜，应该受到宗教崇拜，而人类是一个重病缠身的毒瘤，对普遍秩序的玷污，只配罹受湮灭。然而，人们可以假定，他退隐山林（之所以可能，是收到了银行界亲属给予的资金）和他的想法所采取的方向，与第一次世界大战不无关系。这位"非人性论"的创造者显示出的对人类的鄙视来源于一种过度的怜悯，他的许多诗作表明，他阅读报纸时带着一种悲剧感，不希望任何一方获胜。在其壮年，他的命运正是在孤独中追踪三十年代和四十年代的屠杀，然后流露于笔端的文字交织着愤怒和讽刺。支持一方而反对另一方，在他看来，是对宣传的天真屈服，他认为双方同样是罪恶滔天的恶魔，相互将对方撕成碎片。

---

① 大瑟尔（Big Sur），位于加利福尼亚西部的旅游胜地。美国作家亨利·米勒一九五七年出版过一本散文集，有关于在大瑟尔的经历，叫作《大瑟尔与希罗尼穆斯·博斯的橘子》（*Big Sur and the Oranges of Hieronymus Bosch*）。

在他去世两年多后，我开始游览卡梅尔。他手植的柏树林比他的名声活得更为长久，而今已被砍伐，因为在扩张中，小镇吞并了那块价值不菲的地产。之前的旷野中只剩下波浪拍打在岩石上的撞击声，而他的房子所站立的小山与大海之间被一条车轮呼呼作响的柏油路隔开。海鸥一如既往地在风中翩翩起舞，但是一架直升机在它们上空飞行，它的旋翼发出嗒嗒声。杰弗斯曾预言，过度繁殖的人类会窒息于自己的发着恶臭的排泄物，如今他们正涌现于沙漠、岛屿和极地地区，没有太多理由相信，人们可以摆脱这种人性的掌控。

我们在杰弗斯低矮的花岗岩房子四周走了很长时间。两条大狗躺在篱笆旁的草坪上，一张面孔在窗前出现片刻。最触动我的是耸立在旁边不远处的塔楼。我想，就在那里，杰弗斯常常前去冥想和写作，倾听海洋的呼吸，试图在自己的文字中如实地传达那种单一而经久不变的节律。不要离题，我后来了解到，他是为妻子乌娜建造了这座塔楼，所以他必定极少在那里工作。那些凿削粗糙的石头是他自己修砌拼合的，让这座建筑显得很不规整。为什么他没有始终保留石头的内在质朴？然而不，他富于风格化地处理了一面凸窗，一个早期的中世纪拱门；否认历史，与一个物质化上帝的身体亲密交谈从而避开历史，尽管如此，他可能仍然将自己视为生息于苏格兰和爱尔兰的悬崖上的野蛮祖先中的一员。掩映在常春藤中的持久怪癖，那个浪漫的遗迹，甚至连同与之有关的杰弗斯的诗歌本身，引起了各种各样的猜疑。

谁知道呢，他可能只是一个唯美主义者。他需要将自己视为一个高于一切生物的人,沉思着虚幻的激情和虚幻的希望,因此也就超越时间。他似乎在某个时刻对高处城堡里的骑士、海边瞭望台里的海盗故事留下了深刻印象。甚至在我第一次游览卡梅尔期间,我就问自己,我是不是有点像他,这也许是自我吹嘘,我回答说不像。当我在内心重现他的思想,去感受是什么引发了这些思想,我觉得自己与他酷似。但我不喜欢自己凌空飞跃于大地之上。那是被强行施加于我身上的,应该称呼它的名字,流放。

我也不能以永恒之美来反抗人类的混乱。海洋,对他来说是和谐的最完满的化身,我承认,对我来说却是可怕的。我甚至责怪杰弗斯的一些描述性段落,太像业余画家在荒野海角上架起画架所画下的那些东西。对于我,海洋在根本上是一个深渊,在这里,位于中世纪想象的地狱深处的梦魇不断地得以实现,并经历着无穷无尽的变化。我与相互吞噬的亿万恶魔之间的亲近关系是危险的,因为它提醒我是谁,它们的无意识并没有免除我的罪。

杰弗斯认为意识只是一种不可原谅的缺陷吗?对他来说,星云,太阳,岩石,海洋,鲨鱼,螃蟹,都是没有开端或终结的有机体的一部分,这个有机体永远更新着自己,他称之为神。因为他是一个宗教作家,虽然不是在他作为加尔文派牧师的父亲会认可的意义上。杰弗斯年轻时学过生物学,并且一度接受了讲究因果的数学体系,他弃绝了耶和华,他认为向自己的信众提出了不可理喻的要求,他现身于燃烧的荆丛,并与一个部落立约。与一位神灵建立个人关系,这位神灵慈祥地向世人承诺,只要留下来服从他的命令,就可以逃脱其余一切造物的命运,这在他的想法中,只是证明了人类傲慢与自负可以达到什么程度。然而,杰弗斯甚至不能平心静气面对令人愤慨的耶稣形象,这使他严厉而虔诚的父亲将更多痛苦重重地压在他身上;耶稣死而复生,已经击碎了无限锁链中的一环,从而使人们了然于心,特选子民将会从因果力量、等同于地狱的力量中被抢夺出来。这接近于现代革命者的主张,他们宣扬普遍幸福,但总是为了明天,杰弗斯难以忍受这些人。他的上帝是不追寻任何方向的纯粹运动。宇宙在他身上升起又湮灭,而他对善恶无动于衷,保持了自己的永恒复归的循环,别无所求,只要对他的赞美永不止息。

这十分引人注目,即使杰弗斯对虔敬和崇拜的痴迷在那个时代的反基督分子中并非罕见。他创作过全身心投入的赞美诗,并且不清楚他是禁欲主义者,还是其在“可怕的上帝”(Deus Terribilis)面前战栗不已的加尔文派父亲的继承者。也许那些并非赞美诗,而是赎罪的诗篇。正是因为他剧烈的痛苦,我承认他比他的同胞们胜出一筹,他们坐在桌子旁,双手合十着祈祷,说着:“上帝死了。赶快!让我们吃吧!”

我留意过他所痴迷的特殊观念。每当他写到人(通常是些有关命运的阴郁故事,命运造成肆无忌惮的本能击垮了所有的主人公),他们的身体尺寸都缩小了,变成了沿着这个星球上堆叠的沟槽爬行的小昆虫。他通过与背景的对比,获得了这种看待事物的方式。或者,也许更为重要的是,他笔下的任务随着情节发展而变小,直到最后,主人公犯下了谋杀罪,逃到山林,在那里他的爱,仇恨,带着刀的身体,都显得荒谬至极,无关紧要,成为消失于无限中的沧海一粟。这是什么意思呢？尺寸是事物与眼睛之间的距离的函数。和其他人一样，杰弗斯渴望一个层次鲜明的有序空间，分为底部、中间和顶部，但是一个非人性且无处不在的上帝不能成为金字塔的基石。杰弗斯赋予自己一个超然的位置，他是一只秃鹫，一只老鹰，值得怜悯的凡人的见证者和法官。

我们经常漫步在卡梅尔的海滩，收集一些光滑而触摸起来愉悦人心的木头、贝壳和石头。奔跑的孩子们的叫喊以及他们的狗的咆哮消失在风和岸涛的双重呼啸中。在被沙丘遮蔽的坑洼里，度假的人们搭起了篝火，在纸条上烤着香肠，拍摄着快照。几乎所有的人都不知道杰弗斯的房子就在附近。如果忽略零星几个崇拜者，杰弗斯几乎已被忘得一干二净。但毕竟，无论他有什么过错，他的确是一个伟大的诗人。即使在他的一生中，他没有多少读者，但一个人如果要谴责他的厌世情绪，首先必须记得，是那些极为看重肉、酒精、舒适房子和豪华汽车的人对他视而不见，他们只在将文字视为无伤大雅的癖好时才忍受它们。有一些自相矛盾的东西存在于我对他的迷恋中；我惊讶于我是一个来自每个人都重负着历史的土地的初到者，那里，历史（History）这个词的写法以大写字母 H 开头，我正在与他的精神进行一场对话，如果我们彼此遇见，我们并不能够相互理解。

但我确实进行了那场对话。他很勇敢，所以他竭尽所能挣破了隐形的审查制度的蛛网，与他相比，其他人就像完全被缠缚在那张网上的垂死的苍蝇。他们失去了朴素地活着的能力；他们害怕，如果他们把面包叫作面包，把酒叫作酒，他们就会被怀疑缺乏优雅,他们越是身陷在一种畸形的教养之中,就越是对它犹疑不定。他孤注一掷,在心甘情愿的孤立中得出自己的结论,没有企图取悦任何人,他固守己见。正如他出现在照片中的一副特立独行样子——一副水手模样的瘦削而骄傲的面孔,窄小的嘴唇——杰弗斯的作品截然不同于本世纪其他人的;他的作品并不是为那些庞大都城的文化股市而写下的,而是似乎有意要通过他语调中的暴力来反抗它们,这种语调是可以宽恕的,只要其中的暴力不包含任何说教。他的作品在世纪之交遭到了曲解,就像他的塔楼一样被玷污了名誉,但毕竟,他不得不付出一些,就像这里每一个别的人。与我们已不经意间所习惯了的珠宝工匠的凿子錾镂出的产品相反,他的作品能引人注目就在于其朴素、粗糙,但同时他的朴素之中又存在着某种病态的东西。他为自己设定的任务毫无疑问超出了自己的力量,而且不只他一人的力量。在一个没有人懂得要信仰什么、不信仰什么的时代,他探究了自身,并绘制了一条界限分明的线,用来阐述他心目中的上帝、宇宙和人类形象,他预言了人类将迅速终结。他把自己的全部作品理解为一部新的《物性论》[①],这样的野心怎么能不遭受挫折呢?

我恼怒于他的天真和错误,我将他视为囚犯、流亡者和隐士

---

① 古罗马哲学家与诗人卢克莱修(Titus Lucretius Carus,约前99–约前55)的诗体作品,《物性论》(*De Rerum Natura*)分为六卷,用抑扬六步格写成,其内容主要是阐明伊壁鸠鲁的哲学,尤其是原子论学说。认为物是永恒存在的,承认世界的可知性,认为感觉是事物流射出来的影像作用于人的感官的结果,是一切认识的基础和来源。

所特有的全部缺陷的典范。但在卡梅尔,他让人焚毁自己的遗体,把灰烬撒在风中,他的精神,也许化身为了海鸥或鹈鹕,飞翔在海滩上空,组成雄伟的队形,要求我与之角逐,借由它的勇气,赋予我勇气。

致罗宾逊·杰弗斯

倘若你还没有读过那些斯拉夫诗人，
那会更好些。那里，没什么
可以让一个苏格兰爱尔兰漫游者寻求的。他们生活在一个
一代又一代延长的童年里。对于他们，太阳
是一个农人通红的脸庞，月亮透过云层窥视，
银河像一条白桦成行的路，让他们欢欣。
他们渴望永远近在咫尺的王国，
永远触手可及。然后，在苹果树下，
身穿简素亚麻衣服的天使们，将会拨开树枝探出头来，
在白色的集体农庄的桌布旁边，
热忱与友爱将会款待他们（有时落在地上）。

而你来自惊涛骇浪的岩岛。来自石楠丛生的荒地，
那里埋着一个勇士，他们敲碎他的骨头，
于是他无法附身于活人。来自海夜，
你的祖先们停靠在岸边，缄默不语。
在你头顶，没有面孔，无论是太阳的还是月亮的。

唯有星系的悸动，永恒不变的狂热，
属于新的肇始、新的溃灭。
你的一生在倾听海洋。黑恐龙
跋涉之处，一片野草密布的紫色地带闪着磷光，
在浪尖上起伏，犹如在梦里。阿伽门农
渡过浪涛沸腾的深海，登上宫殿的台阶，
让自己的血溅洒在大理石上。直到人类消失，
纯粹、多石的大地被海洋拍打着。

薄唇，蓝眼，缺少优雅或希望，
在上帝这可怖者、世界的身体面前。
祈祷者不被听见。玄武岩和花岗岩。
在它们之上，一只猛禽。唯一的美。

我必须与你一起做些什么？我来自果园中的小路，
来自没人教过的唱诗班和圣体匣的微光，
来自芸香的花床、河边的山峦、一个热情的立陶宛人
在其中宣告童年的书籍。
哦，凡人的慰藉，无用的教义。

然而你并不知晓我所知的。大地
比赤裸裸的元素教导了更多。无人可以给自己
一双神的眼睛而免受惩罚。如此勇敢，在虚空中，

你将牺牲呈献给恶魔们;那里有沃坦[①]和托尔[②],
有厄里倪厄斯[③]在空中尖叫,有狗在恐惧,
当赫卡特[④]携带着死者随从走近。

不如将日月刻在十字架的接合处,
就像我的住地所做的。给桦树和冷杉
取女性的名字。乞求庇护,
以避开沉默而奸诈的力量,
胜于称赞一件野蛮的事情,就像你曾经所为。

---

① 沃坦(Wotan),日耳曼神话中的天神,也称奥丁(Odin)。

② 托尔(Thor),北欧神话中司雷、战争及农业的神。

③ 厄里倪厄斯(Erinyes),希腊神话中的复仇女神。

④ 赫卡特(Hecate),希腊神话中司夜和冥界的女神。

被提供的性

当女人尽力表现为一个神奇的、超自然的生物时，她是在实现自身的权利，甚至履行了一种义务。

波德莱尔

饥饿的满足在人类需求的等级序列中居于首位，很容易理解为什么性神话出现于食物生产过剩的文明中，而不产生于先前的任何文明。然而，这种神话生机勃勃，无处不在，实在惊人，要对其作出评价，首先只能让自己强行超然于每天环绕我们的东西。每时每刻，我被暴露在性神话的难以穷尽的影响之中；印刷文字，杂志插图，电影，电视，来自晶体管收音机的音乐，都已经被用于服务这个神话。这一切都有着某种自行运转的能力，可以引起消费者的注意，因此让消费者的钱最容易被吸引过来，只要诉诸人们最为普通的兴趣。此外，媒体日益迅速的增长受制于行为法则，毕竟，行为法则只是由人们之间的相互追求所构成——要么相互杀害，要么相爱。只不过我使用了“神话”这个词，这是因为，随着刺激和诱惑日益增多，出现了一系列表面上仅为本能的信念，在现实中，这些信念就像所有的集体创造物，“是人为的”。

一个美女的身体激发了我内在的欲望，这并不奇怪，但是当有一千或一万个身体，或多或少赤裸着，呈现在我面前，她们的脸凝固于欣喜若狂的表情，难道不会出现别的情况吗？他们沙哑地呼唤着爱，其意义是什么，回荡在收音机和磁带中的紧张不安的笑声呢？这大量的东西迫使我用幽默保护自己，冷漠地微笑，犹如一个深处内闱的帕夏[①]，但是，尽管我的自我处于更高处，遗世独立，那小腿、大腿、臀部是在为一部新电影或一种新化妆品做广告，对此我却了然于心。数量在这里变为了质量，一种拥有全新质量的经验正在将人们不知不觉地、毫无痛苦地导向哲学。这就是“幸福岛屿”的哲学，其中一切自然的东西都无罪，一个尘世的天堂。我熟悉别人裸体的样子，他们也熟悉我裸体的样子，我选中别人或被人选中，一个狂欢的同一体将我们联合在一起。然而，一旦“幸福岛屿”在波利尼西亚群岛被来自清教徒国家的水手们发现，就要被卫生学教会征服。

关于完美和不完美性高潮的公共讨论；男女享有平等的享乐权利；口服避孕药，让女人可以委身于爱，不用害怕怀孕；反感节制如同否认健康需求；贞操被视为一种需要被抛弃的滑稽小病——这些不是我们的先祖的话题。在《美丽新世界》和其他反乌托邦作品中，性出现时开始变得一般化，被认为是司空见惯的生理功能，这并非毫无缘由，它被视为非人化的主要原因。一

① 帕夏，旧时奥斯曼帝国和北非高级文武官的称号。

般来说,反乌托邦作品的作者所没有注意到的(在任何情况下,已是现实)是神话与本能之间的分离。神话中的神与英雄的存在被不加怀疑地接受,虽然没有人实际遇见过他们,同样,性本身,拥有最纯粹和最孤立形式的满足行为,只存在于杂志插图里,存在于广告的承诺中,存在于屏幕上。那样一种性使我变成一个物,正如有关肝脏正常功能的知识,一个独一无二的肝脏,被表征为我体内的普遍的肝脏。常态作为衡量标准,并适用于我被表征的肝脏。然而,不幸的是,在性的问题上,常态只不过是被想象和渴望的东西。大多数男女在这一领域遇到某些困难和错乱,虽然没有人渴望承认它,而是隐藏起了他们灵魂中忧伤的侏儒。性神话为他们提供了图景,让他们确信享受性高潮的幸福婚姻是容易实现的。福楼拜笔下可怜的包法利夫人想要从生活中找到她在浪漫小说中所发现的一模一样的爱。模式已经改变,浪漫的爱已经获得了完美性高潮之名,不过如今,它是通过歌唱、话语、插图,召唤大家来梦想。

人们眼中的裸体一直是我们如今眼中的裸体吗?这是一个重要的、哲学性的问题。一个在一九一九年拍摄的电影中的脱衣(undressing)女人脱下的是一九一九年流行的服装,她并不是裸体(naked),而只是没有被她脱下的衣服所蔽体,她更像一个同一时期穿衣服的女人,却不同于这个世纪下半叶的一个裸体女人。与之类似,文艺复兴时期绘画中的裸体(nudes)脱掉了那个时代的衣服,但是可以说,她依然遮裹在衣服之中,只不过这些衣服是看不见的。身体总是带有遮蔽它的衣服的痕迹——例如腰带或紧身褡——但首要的是,平常穿的衣服会留下举止、手势和姿势的痕迹。然而，这里最重要的是我们看待身体所采用的不断变化的方式。身体不是通过一些抽象的“人眼”，而是被一个属于其时代风格的人看见，这个人拥有对于某些形状和线条的不断变迁的敏感性，因此，他对——色情或审美的——裸体对象或穿衣对象的崇拜，无从区别。也许“身体本身”就像“事物本身”①一样是我们所无从把握的。

要是今日的赤裸（nakedness）唤起的不是那么多的“不着衣物”（undressedness）的图像，而是另一种裸体，大量裸露的身体（naked bodies）的图像，将会如何？大量裸露的身体确实出现于古老的画作中，这表明集体的维度对想象力而言还不那么陌生；然而，更常见的是，那些画表现了那些正坠入地狱深渊的受罚者扭作一团的身体。在日常生活中，画家没有太多机会看到许多裸露的人类身体，也许这就是为什么他们把这样的场景转移到来世。甚至在浴室也找不到大量的人，而且，是同一性别的。或者，如果性别混在一起，只出现在防止闯入者窥视的浴室。海滩，游泳池，集中营——即，在这些地方，人们自愿或被迫屈服于大众——另当别论。

这种公共场所扮演着双重角色；作为一种直接的经验，和作为来自照片、电影、电视的影像。此外，直接体验“置身于大众之中”的感受与从媒体获得信息之间的距离已经缩小，这里，人们认同于“常人”（Everyman）的能力正在提升。“常人”这词

---

① “事物本身”（thing in itself），即康德的哲学概念“物自体”（Ding an sich），指超出人的知性认知范围之外的事物本质，这里没有采用哲学上的通行译法。

让我们回到中世纪的道德游戏,虽然在那时这是一个灵魂冒险的问题,灵魂要么获得拯救,要么被罚入地狱。生理的人类依附于自己,就像一种珊瑚礁。在谈及裸体和性别时,我提到集中营,这绝非偶然:人的尸体,伸开的腿,他们的私密部分暴露在众目睽睽之下,这就是给囚犯们分配数字的集中营管理人员眼中的囚犯们的样子。性神话缓慢地、逐渐地标准化了,剥夺了身体,将它们变成物,而身体的存货显然是不会枯竭的,无论什么瘟疫可能会折磨这个物种。不幸的是,我们接受了被慷慨给予的自由,这自由却掺杂着仇恨,这不是一个属于快乐的色情作家们的时代。从艾略特的《斗士斯威尼》[①]中,我们得知,在南太平洋岛屿上,只存在着“出生、交配和死亡”。但是,“出生、交配和死亡”属于一般的人的条件,他们是普遍的,非人性的,甚至反人性的一类人,并不认同个人,因为个人需要的东西更多,他想要变得不朽,独一无二。如若不是这样,“幸福岛屿”就不会成为险恶的无聊之象征。

我们世纪的反乌托邦作品描绘了受到权力控制的社会,这里,自由的缺失被称为自由。在这样的社会中,统治者谨慎地向被统治者提供适当的娱乐以防止精神焦虑。性游戏最符合这个功能。这些书的作者的直觉是可信的,他们将“爱欲”(Eros)描述为一种颠覆性的力量,这对当权者而言不是什么秘密:性

① 《斗士斯威尼》(*Sweeney Agonistes*),英国诗人 T. S. 艾略特首次尝试写作的诗剧片段,未完成,一九二六年和一九二七年,他分别发表了其中两幕。一九三二年收入一本小册子《斗士斯威尼:一部阿里斯托芬的情节剧的片段》(*Sweeney Agonistes: Fragments of an Aristophanic Melodrama*)。

(sex)是反爱欲的,不仅不构成任何威胁,而且有效地防止激情的出现,这些激情将人们而不是将身体吸引在一起,使他们既呈现为身体又呈现为精神。当主人公被爱唤醒之际,他就踏上了一条危险的道路。只有在那时,伪装中的并被每个人接受的奴役才在主人公面前显露为奴役。

论审查制度

“审查制度”一词会即刻引发一种敌视，因为，传统上它表明了，当权者无论是神圣的还是世俗的，其意图是要剥夺自由。西方技术文明的特定本质与审查制度难以相容，审查制度预先设定了一种权威可以裁决，什么可以被允许，什么被禁止，然而西方那些发现与发明的整个冒险活动始于对权威的反抗。任何一本教科书都可以提供充足的例子，说明审查人员在愚弄他们自己，始于迫害伽利略的那些人，终止于以不道德为由命令没收文学作品的法官，正是那些作品后来进入了学校必读经典。不过，尽管议会制度确保了科学探究的自由和宣扬政治异端的权利，在我们的世纪，依然存在着一些努力，要保留冒犯所谓公共道德的观念。如今我们看到，这样的企图注定失败，是由于审查人员日益可怖的恐吓，这些人已被贴上了蠢材和反动分子的标签。这一点上，至关重要的一直是教会的忧虑，它们准备做出让步，只要可以维持它们作为开明、进步的机构的新形象。一旦墙上出现第一个缺口，所谓的公共道德的要塞就会坍塌——普遍认同艺术作品的不可侵犯性；即，那么，倘若其目标是成为“艺术的”，任何东西就可以用文字、石头、线条或颜色描绘出来。

二十年前,亨利·米勒[①]的作品在美国遭禁,如今却能够买到它们的平装本。这个例子足以说明出现了全面的变化。

审查制度,或审查制度的缺失,似乎起源于一种后果难以想象的根本选择,尽管人们正在做出此种选择。倘若,在特定情况下,个人自由应限制在公共利益的名义下,极大的利益就可以让极大的限制变得正当——这意味着那些拥有极大权力的人就可以判定对于共同体而言何者有利何者有害。然而,倘若那种特权并未赋予任何人,就难以否认,每个人都有权宣扬自己的哲学,即便这种哲学劝人谋杀,或为同类相食提供了深刻、根本的理由。

在一九三四年的巴黎,那些超现实主义者出版了一部诗集,用于纪念一名少女罪犯,维奥莱特·诺齐埃尔(Violette Nozière),她被法庭判为关入教养所,因为她毒死了自己的父母。超现实主义者们将弗洛伊德和马克思结合在一起,渴望着一场推翻私有财产以及资产阶级道德的革命,将每一个人都变成诗人,即,自己的无意识的速记员。维奥莱特的父母都是资产阶级,他们压抑她,要求她服从于他们,禁止她在外过夜,等等。她毒死了父母,于是就证明了她拥有属于未来自由社会的价值观

① 亨利·米勒(Henry Miller, 1891-1980),美国作家,其作品以露骨的性描写著称。一九三四年在巴黎出版了《北回归线》,五年后又出版了《南回归线》。这两本书的写作风格形成了一种对传统观念的勇猛挑战与反叛,给欧洲文学先锋派带来了巨大的震动。一九四〇年米勒回到美国,住在加利福尼亚的大瑟尔,在那里创作了"殉色三部曲"——《性爱之旅》《情欲之网》和《春梦之结》,然而作品遭禁。一九六一年经过一场诉讼,《北回归线》终于在美国出版,米勒成为一个家喻户晓的名字,他被六十年代反主流文化誉为自由和性解放的先知。

念。她做出了“一个革命行动”。尽管,人们可以发现这些颂扬她行为的诗作反映了某种集体性的自我厌恶,它在三十年代的法国广为流传,这册诗集以小开本出现,其影响显然没有超出波希米亚艺术家圈子。它在与欧洲另一本书的竞争中败下阵来,这另一本书稍早出版却有成千上万人在阅读,它也制定了一套更好的整顿社会的方法,这就是《我的奋斗》①。

法国保留了一些法案以防败坏公共道德的行为,因此出现了对专门刊印色情文学的出版社的审判案件。然而,没有人阻止出版商刊印英语色情书籍,这些书籍随后被走私到英国、加拿大和美国。差不多十年以前,我读过《芳妮·希尔回忆录》(*Memoirs of Fanny Hill*),当时唯一能够找到的版本,出版于巴黎。如今,那本“经典”的情色小说,有着十八世纪风格的全部优点,可以在美国任何地方买到平装本。我不会自以为是地说,是因为这本书已公认属于“艺术作品”,还是因为区分拥有艺术目的的作品和缺失此种目的的作品之间的界线已无可救药地变得模糊不清。作者约翰·克雷兰②写这本书是为了赚钱,后来又试图通过创作一些虔诚的小册子,去赎救年轻时的那个轻率

① 一九二三年“啤酒馆政变”失败后,希特勒以叛国罪被捕判监五年,期间在巴伐利亚州一处监狱,写作了自传《我的奋斗》(*Mein Kampf*),由希特勒口授,由同僚鲁道夫·赫斯执笔撰写,集中体现了希特勒的纳粹思想,宣扬狂热的民族主义,主张建立“第三帝国”,极大地影响了二战前的德国年轻人。

② 约翰·克雷兰(John Cleland, 1709-1789),英国作家,因债务而关进伦敦监狱,在狱中写出情色小说《芳妮·希尔回忆录》。一七四九年出版时在英国引起轩然大波,教会严厉指责《芳妮·希尔回忆录》将让国王和子民引向堕落,令克雷兰再次锒铛入狱。本书从此成为官方机构审查情色尺度的标准。

行为,假如他看到自己那部戏作与荷马的史诗[1]摆放在一起,会感到惊诧不已。这本书的目的极为有限:它以尽量诱人的轻佻文字描写性行为,可能对倦闷的恋人和缺少活力的已婚夫妇起到了刺激作用。此外,岁月的流逝已经为克雷兰的小说赋予了近乎牧歌的特征。人们带着乡愁去阅读它,由于其做作的现实主义,及其对单纯享乐的肯定,在这种享乐里并没有对世界的厌恨。

萨德侯爵[2]的作品,包括《闺房哲学》(*Philosophy in the Bedroom*),也可以买到平装本,而让我感到有趣的是我对这些书出于本能的反对。这里,我考虑到了两种可能性:我的思想,要么是由天主教、马克思主义塑造的,要么是由欧洲历史上的动乱塑造的,我这样的思想有着少量极权主义成分,因此它默默接受了一种给予"大众"的精神食粮应该进行管制的观念;即是说,它夺取了他们关于何者健康何者有害的知识。或者,由于疏离我周围普遍的道德观念,我敢去探寻别人由于会惹上麻烦而不敢探寻的问题。毋庸置疑,《闺房哲学》在已有的文学作品中是最下流的,并非因为它描写一个采用各种方式集体交媾的贵族圈子,而且尤其偏好鸡奸。对话形式使作品具有一种属于"喜歌剧"(opera bufffa)的戏仿特点,人们笑着阅读,然而很快就会感到厌倦,因为对狂热情欲的永无休止的描写显得千篇一律。

---

① 指史诗《伊利亚特》和《奥德赛》。

② 萨德侯爵(Marquis de Sade, 1740-1814),法国作家,以情色小说闻名于世,贵族出身,因施行性虐多次入狱,晚年被关押在疯人院。代表作另有《索多玛的一百二十天》《于斯丁娜》《于丽埃特》等。施虐狂(sadism)这个词源于他的姓氏。

但是,萨德也提出了一种新道德,因此成为出版诗集纪念投毒犯维奥莱特·诺齐埃尔的那些超现实主义者的先驱。神的律法和人世的法律被发明出来,就是为了剥夺个人天然的特权。彻底的浪荡子从谎言和虚伪中解放出来,将自己的享乐指示为善恶的唯一标准。然而,神的律法和人世的法律不可能被有效地推翻,除非它们从根基上受到打击,正是在这个点上,每个人都不自觉地接受了它们。甚至最无畏的哲学家在越过特定的界线之前都会战栗不已。只有为了自我享乐而准备去犯谋杀罪,才可以证明"十诫",这些纯粹人为的梏桎,已被抛到九霄云外。《闺房哲学》是一部关于谋杀的论著。十六岁的尤金妮娅[①]一点点地获得了人生的知识;首先,是在性事上,但随后,一旦有了胆量去打破家里施加给她的禁律,她就渴望学习更多的课程。她懂得了一个人可以自由地杀人。然而,人们普遍认为还有比杀人更恶劣的事,并且尤金妮娅凭借另一种方式通过了考试:她承认自己憎恶冥顽不化的母亲,欣然同意了那个惩罚母亲的计划。当她的母亲被诱惑到古堡里遭到强奸,她旁观着,拍手称赞,这不仅是为了羞辱母亲,而且还要让她染上梅毒。

萨德侯爵的命运向我们显示,与特定的道德准则绑定在一起的公众舆论面对这样的哲学建议时表现出势不两立,而且这种公众舆论在和这些建议作斗争时充满了自信。虽然为大众消费而刊印出来的《闺房哲学》之类的作品,被解释为一种判断标准的削弱,然而这里另一个因素可能起着更加重要的作用:人

---

① 《闺房哲学》的主人公。

们讳莫如深地假定,关于惯例和道德的书面语的影响微不足道,甚或不存在。

至此,我写下关于审查制度的一切,于我而言似乎已经彻底不合时宜了,就像一些政治制度一样不合时宜,实行这些政治制度的国家动用大量公职人员,仅仅是为了完整地抹掉小说里的一些句子,或者如有必要,修改一个诗人的诗句。人们必定可以发现,刊印的书页连同环绕在我们四周不计其数的其他东西,已经可以让我们的祖先感到一头雾水。那么繁多的人,观念,媒介,依靠技术制造出来、用到一半就扔掉的商品!萨德侯爵是一名彻底的革命者,最为激进的激进分子,严肃地从事着自己的哲学事业。然而,他写下的书,就像那些一般的书,如今履行着不同以往的职能。它们是一座庞大的、不断扩充的博物馆里的展品,其中,来自各个文明和各个时期的艺术品——古籍写本、《圣经》、《古兰经》——在一种调和的混乱中互为近邻。一些最为极端的戒律相互抵消,相互摧毁,旋即就转变成了"文化"。生产着口语、书面语和图像语言的技术装置,出于自身的需要,拦截并笼络了每一种反抗,包括针对其自身的反抗。无政府主义者们的纲领,世界末日的预言,对政治暗杀的叫嚣报道,让人遁入山林从而沉浸于冥想的劝诫,有关成员们裸身相见去"体验别人的本质"的联盟的广告,毒品的宣传,向极权制度致敬的赞歌——一切均有着平等的权利,满足着市场的需求。些许启示或革命,就可以让市场焕发生机,假如缺少启示或革命,就必须为了商业目的而将其发明出来。

一旦有形的物质世界持续抵抗处于"仿佛存在"(as if)的形

式之中的一切，审查制度作为禁律就会失去“存在之理由”（raison d'être）；也就是说，抵抗语言、概念、象征符号。缺少了观念，有形的物质世界可以继续存在下去，因为观念可以由普遍存在的必然性所代替。作为经济生物的人类按照这一种方式行动，而不是按照另一种方式，并非由于其头脑中产生了哲学的概括，而是由于他必须满足自己的需求，而要满足需求唯有服从独立于其意志的律法。这至少似乎是隐秘的前提，可以让人们更加宽容而不是怀着敌意对待文化、博物馆，将其视为某种“满足求知的好奇心”的东西，还可以缓和严酷的生活。这是一个多少有些可疑的前提，因为大众交流的手段——即语言——是驱动经济的力量，它在广告的援助下持续不断地创造出新的需求。此外，无从判断，被锁闭在“文化”蓄水池里的观念是否可以一直满足于栖留在那里。

萨德侯爵已不再那么令人震惊，因为他获得了经典作家的地位，风格变得陈旧落后，而且其震惊性也进一步被新的对手们抵消了，他们每天以激进的姿态不断现身。萨德作品中的性和暴力有点过于保守，不够逼真。持续批评导致的公众的冷漠得以克服，并取得了某种程度的声誉，这并不经常发生。率真、简洁和残忍的表达，连同简化的观念，都得到了珍视，因为它们可以借由最显而易见、最形象可感的“事实”进行传达，不关涉任何错综复杂的推理。这些必备条件与那些可以在其他系统中发现的必备条件截然相反，在那些系统中，市场被蔑视，语言变成了可变意义的迷宫，即便花了大量精力去阐释，审查制度只能寒碜地析取少量“事实”。自然主义的、近乎临床分析的描述语言，在获取关注和金钱的斗争中似乎显得特别有效，而对特定作品的阐释建立在其特有的结构之上，秘而不宣；就是说，描述出来的现象有可能被误认为是实际的现实。这就必须激赏喧宾夺主、花里胡哨的东西；即，性和暴力占据了舞台的中心。此外，文字还要与静止的和运动的图像竞争，这些图像由于其表现力而在竞赛中胜出，纷纷屈服于出价最高者的需要。

我们的眼睛不会遗漏任何东西。不久前只能在克雷兰或萨德的小说中找到的场景，此时此刻出现在了我眼前的屏幕上。人们相互施加的苦难，谋杀，大屠杀，战争，我们坐在家里（在彩色电视机上）就可以看得到。无论是有人在实施谋杀，还是有人在被谋杀，毫无区别：你只是看着。作者、导演或摄影师是要刺激人们，还是要做出警告，也无足轻重，因为采用的手段千篇一律。影片《邦妮和克莱德》（*Bonnie and Clyde*）①可以当作这种含混性的例子。雌雄大盗的故事被呈现为“真实的历史”，故事有着自然主义的精确性，借用一个古老的表述，这丝毫不意味着它不具有“倾向性”。电影观众得到的是一幅二十世纪三十年代美国中西部一个小镇毫不起眼的图景。令人感到恐惧的精神空虚，缩减为追逐生计的毫无意义的生活，这一切只为更富于想象力的个人留下一条出路，犯罪，那被践踏的灵魂的英雄史诗。也许，当时整个美国就是那个样子，虽然人们会猜测，这里，今日已然转变成了昨日，因为这恰恰是更年轻一代受过教育的美国

---

① 阿瑟·佩恩（Arthur Penn，1922–2010）导演的电影，一九六七年上映，根据美国历史上著名雌雄大盗邦妮·派克和克莱德·巴罗的真实经历而拍摄。

人看待小镇生活的方式——成长受阻,地位被贬低,意义缺失——他们无论在何处都会逃离这种生活,即便来到好莱坞。真实的邦妮和克莱德似乎是平淡无奇得多的强盗,与之相反,《邦妮和克莱德》讲述了被剥夺人类继承权的可怜虫,他们射杀别人,是因为继承权是他们重获尊严、拥有希望的权利的唯一途径。主人公的性无能显而易见具有象征性,暗示他在内心拒绝贫穷和彻底的被剥夺状态。因此,这是一部社会批评影片,截然不同于二战前拍摄的社会批评影片,如《愤怒的葡萄》(*The Grapes of Wrath*)①:那些影片强调不公和物质上的贫乏,而这部影片,追随另一种思想时尚,将重点放在异化、精神上的贫乏。最后,也许影片最本质的方面正是那大块大块鲜血淋漓的、受尽折磨的肉体,拍成彩色,这一切,几十年前的电影院还不敢放映。更不用说影片在教育方面的影响:对于伯克利的大学生而言,《邦妮和克莱德》是一幅引发怜悯和恐惧的景观,是一部反对暴力和间接反对越南战争的影片。然而,确定无疑,许多人看过之后,受到各种刺激,从反叛的诗意、百发百中的手枪射击中获得乐趣。重点在于无论是前者还是后者,都无法将那些大块鲜血淋淋的肉体从想象中抹除。

我们的想象力比前几代人的拥有更宽宏的容量。恐惧,在

① 美国作家斯坦贝克(John Steinbeck, 1902–1968)的小说,讲述以约德一家为代表的农民从俄克拉荷马州向加利福尼亚州逃荒的艰难经历。到了加州,一切并不像想象的那样美好,等待他们的仍然是失业、饥饿、困苦和农场主的敲诈、勒索及迫害,终于引起农民的抗争。一九四〇年由约翰·福特(John Ford, 1894–1973)拍成电影。

当时就像现在一样，是生存的一部分，只不过从前事情安排得井然有序，以至于在日常生活中恐惧被掩饰住了。甚至在最险恶的国家——例如，引起马克思义愤填膺的正在工业化的英国——都有温和而宁静的地区。在俄罗斯，西伯利亚的流放地依然是一种模糊不清的威胁，甚至陀思妥耶夫斯基在其《死屋手记》中也遗漏了很多东西。对贫寒农民的记述仿佛是天方夜谭。在非洲猎捕黑人和贩运奴隶无疑烦扰过欧洲居民们的心灵，然而也不是那么触目惊心，因为这些发生在遥远的地方，他们的眼睛不能看到苦难。人们在战争中被残杀，然而没有人实况拍摄。人类分成两类：一类人夸夸其谈，然而所知甚少或者不想知道太多；另一类人博闻强识，却守口如瓶。

所有卧室，所有战场！为了抗议战争而活活自焚的佛教徒死于一个比古罗马任何竞技场都更大的竞技场。在越南，敌人被射中，人们倒下，却正在被拍摄下来。欧洲总是自哀自怜，其记忆中留存着难以置信的景象，许多人觉得自己被抢劫了，因为对于人性中某些阴暗特征的认知，已不再是直接参与那些事件的人的独有财产。我们难道不曾看见，在我们喝着啤酒的时候，西贡的行政首长正在杀死一名越共官员、一个战俘，射击他的太阳穴？我们难道不曾看见，奥斯瓦尔德被鲁比射击后紧紧按住自己的胃部？[①] 我们难道不曾看见，孩童被凝固汽油弹烧死？

---

① 奥斯瓦尔德（Lee Harvey Oswald，1939-1963），美籍古巴人，被认为是一九六三年十一月二十二日肯尼迪遇刺案的主凶。案发两日后，奥斯瓦尔德在警察的严密戒备中当众被酒吧老板杰克·鲁比（Jack Ruby，1911-1967）击毙，美国人在电视直播中目睹了整个过程。鲁比最后因癌症死于狱中，临死前称被人下毒才得癌症。

还有,罗伯特·肯尼迪,接着在瑟汉的枪击几秒钟后倒下?[1]

许多年以前,就在战后[2],在第一次逗留美国期间,我与某位著名作家关于黑人贫民区进行了一次交谈,毫无疑问,他是一名人道主义者。我从他那听说,无论如何,事情正在变得越来越好。这次谈话之后,我惊讶了很长一段时间:他的作品被译成多种语言,为什么他会说那样的话,就像是用散文述说出来的古代悲剧?难道他也必须将事情安排得井然有序以至于真理从头脑中剔除,就像许多我认识的欧洲人,他们不希望知道监狱和集中营,因为那些东西会削弱他们党派或领袖的信仰?事情并没有在属于那类作家代表的高雅的自由主义者面前变得简单,因为贫民区和农场工人棚屋的地狱般气息正从电视机里飘散出来,就像一团有毒雾气沉落在客厅家具上。

忘记时下信息的巨大贫困,以及在幕后经常公开操作的审查制度进行的各种各样的编辑,这纯属天真。然而,那不是"事实"的贫困;事实越是触目惊心,就越有市场销路。所以,想象力必须容纳痛苦、贬值、暴力、贫困,以及整个世界信仰与道德的荒诞,没有什么被思想抚慰,被制服,虽然,思想的确治愈了我们的一点点焦虑,倘若我们问"为什么",然后收到一个以"因为"开头的问答。世界击打着我们,就像非理性的化身,就像疯狂且硕大无比的头脑的创造物。人们能够接受那整个负担吗,赞同

---

① 罗伯特·肯尼迪(Robert F. Kennedy, 1925–1968),美国总统约翰·肯尼迪的弟弟,被总统任命为美国总检察长。一九六八年六月五日午夜,在洛杉矶被二十四岁的巴勒斯坦人瑟汉·瑟汉(Sirhan Sirhan)刺杀。瑟汉于次日死亡。

② 即"二战"后。

事情不过如此，就这么顺其自然？人们能够接受，不过只能通过像头母牛一样在野蛮的沉思中进行反刍。如果我们获得了同情的能力，却又无能为力，那么，我们就会生活在一种绝望的愤怒状态之中。这无疑是那种暴行的原因之一，我在别处将这种暴行称为新摩尼教。

西方的痛苦

由于缺少兴趣，明天已被取消。

伯克利学生餐馆

男厕所墙上的涂鸦

我主要关注的是未获承认的东西，我思想或其他人思想中那些几乎没有意识到的前提。除了对进化论的信念，这些前提包括对一个国家、社会和文明才采取的方向进行的否定性评价。在这个取得了有史以来最强大的经济力量的国家写下这番话，多少显得不合时宜，但是——从书籍、绘画和电影所传达的愤怒和蔑视进行判断——之前从来没有这么多人将控诉当作一种消遣。虽然我觉得与他们有着一定的亲近关系，然而正是那种否定性评价让我多少有些不信任自己，因为别人的行动是一面镜子，我可以轻而易举地从中看到自己。

对西方的颓废与腐朽的信念，似乎是开明而敏感的人的素养中一个永恒不变的部分，他们依靠这种素养对付技术进步带来的恐惧。这种信念与现代艺术一样古老。在这里，只要单独提及波德莱尔的《地狱之城》，就足够了。然而，一旦我们假设，衰颓其实就是回归,问题就出现了——从什么回归,何处是我们应该渴望的平静与活力的理想状态?

这个问题已经遇到过诸多复杂多样的答案。那些不满者的第一个伟大的庇护人当然是卢梭,他反对霍布斯的观点,其思想为“理性”的清醒信徒们所共享。据霍布斯所说,人类起源于原始的野性,野蛮状态,以及人与人之间难以控制的斗争。在卢梭之前,没有任何人想到从字面上去接受黄金时代的传说,去梦想一种没有艺术或科学的自然状态。诚然,卢梭并不建议回归到天真的野蛮境况;他选择那种状态,是将其作为一个模型,用于自觉培育的美德——在这种美德的名义下,那么多头颅即刻从断头台滚下来。

托尔斯泰,这位卢梭的信徒,其判断的决然性在许多方面都超过了他心目中的大师。也许别尔嘉耶夫①是对的,他将托尔斯泰称为俄罗斯的邪恶天才,因为这位雅斯纳亚·波利亚纳(Yasnaya Polyana)②的圣人训练着俄罗斯知识阶层推进绝对要求和对体制、等级制度、渐进改良的不满,对普遍历史的不满——历史作为一种织物,不完美的善与不完美的恶相互交织、相互依存。

但是托尔斯泰和卢梭只是许多答案中的两个。浪漫主义者

① 别尔嘉耶夫(Nicolas Berdyaev, 1874-1948),二十世纪最有影响的俄罗斯思想家之一。著有《陀思妥耶夫斯基的世界观》《自由的哲学》《论人的奴役与自由》《论人的使命》《精神与实在》《精神王国与恺撒王国》等。

② 即托尔斯泰庄园,位于俄罗斯图拉州,托尔斯泰故居所在,他在这里写作了《战争与和平》《安娜·卡列尼娜》等伟大著作。

痴迷于中世纪,自那时起,一个有机的父权制文明的理想形象一再重现,这种文明由从国王到普通人的宗教热情紧密地结合在一起。其他浪漫主义者,即我们所知的乌托邦社会主义者,在没有私有财产概念的原始人的集体所有权中发现了医治恶的灵丹妙药,并试图在他们的法伦斯泰尔中让它们再生。青年马克思得出结论,人不仅没有像他应该的样子去生活,而且置身其中的境况让他偏离了自己的本质、自己的人性;因此,进一步的结论(不完全是一个逻辑的结论——而是,一个信仰的行为)是,确保本质与存在之统一的一系列境况必须存在于某个地方。马克思将这些境况放置在过去,在原始共产主义中,在未来,在工业共产主义中。然而,十九世纪的技术进步并不关心空想家和革命者们的计划;技术进步身上有着一些必然发生的东西,比起义愤填膺的论著,以儒勒·凡尔纳的乐观小说为典范的科幻小说的四处流行向大众的想象力道出了更多的东西。

只有当科幻小说开始掺杂焦虑的预感,开始从中塑造反乌托邦作品的时候,人们才能谈及绝望的潜流的表面。H. G. 威尔斯[①]始终忠诚于其科学人道主义愿景,直到其漫长一生临近终点,他才出版了一本绝望的小书,《心智的极限》(*Mind at the End of Its Tether*),在这本书里,他坦承他看不到陷入自己发明物的人类有什么得以幸存的可能性。他的《心智的极限》就是

① H. G. 威尔斯(Herbert George Wells, 1866–1946),英国小说家,尤以科幻小说创作闻名于世。一八九五年出版《时间机器》一举成名,随后又发表《莫洛博士岛》《隐身人》《星际战争》等多部科幻小说。

艾伦·金斯堡所谓的“摩洛的名字就是心智”。

也许欧洲的颓废主义在一八八六年拉开了帷幕,这一年《颓废》①出现在巴黎。围绕这本杂志的作者们宣称,他们并不希望去创造,而是希望去摧毁,因为高度倦闷的西方文明正在死亡,谁也无法拯救。但是,颓废主义的花朵只是含苞欲放。它由各种力量所滋养,其中主要的是宗教危机。大约在同一时间,将艺术神化为最崇高的圣礼活动的态度,开始从一小群波希米亚艺术家向外渗透到更广泛的圈子;不再依靠所传达的内容,而是依靠其形式,艺术成了宗教,而艺术家就是其牧师。此后,越来越多的人造成了这普遍的混淆,将自己的迷信与一个没有神祇的世界和一种没有承诺的文明对立起来,同时激烈地争论哪个迅速变化的艺术上的“主义”最适合用来替代礼拜仪式。一个新的、巨大的领域为玩世不恭的人和无所事事的人开启了,因为任何中学毕业的人都在内心感到,他就是一个艺术家,或至少有资格滔滔不绝地谈论艺术。

我毫不怀疑,我的心灵汲取了欧洲文明中那种绝望的所有成分。我的童年恰逢第一次世界大战,这标志着一个秩序的终结,一些人认为这个秩序壮丽辉煌,另一些人认为它腐朽不堪,但无论如何是一个秩序。接踵而至的俄国革命开创了一个比较的时代:“那里-这里”。十九世纪的沮丧、消沉、阴沉的预言,

---

① 《颓废》(*Le Décadent*),一八八六至一八八九年在巴黎出版的文学杂志,由法国诗人阿纳托尔·巴茹(Anatole Baju, 1844–1924)创办,标志着颓废主义作为文学流派的诞生。于斯曼的小说《逆流》是颓废主义文学的代表作。

以前被已建立的秩序推到了一边,如今变得更加清晰和具体化,从各个方面攻击着我成熟的心灵。浪漫主义对神父与骑士构成的僧侣社会的古老渴望在奥斯瓦尔德·斯宾格勒[①]笔下重生(他在俄罗斯有一个先驱,尼古拉·丹尼列夫斯基[②]),他将文明视为经历着童年、成年和衰朽的老年的有机体。

显而易见,西方已经进入了生命力的衰退阶段。战败的德国掀起了一波又一波刺耳、鄙夷的绝境声浪,即西方人被自负的理性逼进了绝境;人们在东方圣人、印度教、佛教上寻找希望。英格兰的年轻作家,T. E. 休姆[③],T. S. 艾略特,提出纲领要回到过去,在当下只看到死气沉沉和无聊,一片"空心人"的荒原[④],这些"空心人"被剥夺了宗教信仰,因此被剥夺了存在的目的和意义。

这并不意味着我曾读斯宾格勒或者我对英格兰有任何了解。然而,那种倾向对波兰来说并不陌生,这些倾向通过革命前的俄国人的作品渗透到那里;自从我认识了一些法国人之后,我从热爱笛卡尔清晰思想的那些人写下的书籍中了解到悲观主义的入侵,这些人主要是保守派,就像亨利·马西斯[⑤]一样(《保卫西

---

① 奥斯瓦尔德·斯宾格勒(Oswald Spengler, 1880–1936),德国历史学家、哲学家。一九一八年出版的代表作《西方的没落》影响深远。

② 尼古拉·丹尼列夫斯基(Nikolai Danilevsky, 1822–1885),俄罗斯思想家、历史学家,著有《俄国和欧洲》(1869),提出西方正在衰落的观点。

③ T. E. 休姆(T. E. Hulme, 1883–1917),英国诗人、批评家,被称为"意象主义之父"。

④ T. S. 艾略特诗歌《空心人》和《荒原》中的意象,隐喻着西方的没落与西方人的精神空虚。

⑤ 亨利·马西斯(Henri Massis, 1886–1970),法国保守派散文家、文学批评家。《保卫西方》(*Défense de l'Occident*)是其著作。

方》),将德国人视为这种流行病的滋生处。与此同时,世界正在被“资本主义的衰落”及其不可避免的死亡痛苦这种革命宣传所淹没。希特勒的反革命似乎是这些口号的十足佐证。至于第二次世界大战,它足以超过先知们关于衰落的预言,无论他们做出了何种假设。之前从来没有在这么短的时间内数百万人被杀的先例,从来没有动用如此完美的掌控自如的技术手段,对整个民族冷酷地进行有计划的毁灭。

自从战争结束直到今天,西欧运转的方式,如我所写,对我来说是一个彻底的谜,尽管事实上我在法国居住了十年,从一九五〇年到一九六〇年。欧洲精神憎恶自己,反对自己,嘲笑它所构建的制度,也许因此掩盖了自己所受耻辱的痛苦感受。这是一种狂欢,一片充满了从我早年起就了然的所有厌恶、苦涩和宿醉的混乱场面,并且只有到现在才似乎得到充分的承认,被证实为无辜,并在有关**恶心**①、荒诞、异化的时髦话语的帮助下变得正当化。这种精神拒绝任何“此时此地”,对“彼处和某时”的赞美天花乱坠;不言而喻,西方处于垂死之中。“彼处”最常见的意思是苏联,偶尔是共产党掌权的其他国家;“某时”意味着人类在私人生产资料被废除后前往“幸福岛屿”的航行,并且本质和存在已融合成一体。

虽然欧洲的精神正在逃亡中消耗着自身的能量,但是欧洲的身体正在吃喝,购买汽车和冰箱(承蒙美国的恩典,这恩典长

---

① 原文为法语:la nausée。它也是萨特一部创作于一九三八年的著名小说的标题。

期以来必须保持欧洲经济在一个“铁肺”[①]中呼吸，为它提供人为的滋养）。这种二元性应该引起一些反思，因为它多少动摇了欧洲对既定人类共同体中精神和身体之相互作用的固有观点。但愿它只被限制在被特选的小群人中间，这些人忙着用法语词“冷笑”（ricaner）即“恶毒的笑”来作出最好的定义。但是，与郁郁寡欢的插科打诨联系在一起，无能为力的情绪，通过小说、戏剧、电影和新闻，从诗和哲学中来到了大众身边。不难确定主题和形式如何从精英文类、晦涩的论文和对一般公众毫无意义的玄奥诗歌转移到了大众媒体。荒诞派戏剧带给舞台的东西在很长一段时间以来已经为诗歌读者所熟悉。无力而简单化的小说实验最初只得到开创者的激赏。电影进入了与小说之间的竞争，影像语言往往赋予厌恶感一种巨大的力量；例如，费里尼和安东尼奥尼从哲学家那里借来了主题，主要是对从（善的）人类本质中剥离出来的（恶的）存在予以愤怒的攻击。倘若来自另一个星球的人希望西欧以看待自己的方式来评价西欧，他不得不说一场革命即将到来，新一轮相互屠杀至少会给这些西欧人带来一定的解脱。然而，它刚好相反，似乎一种毒药成了一种富足稳定的药剂。

美国与欧洲之间只隔了一个大西洋，距离并不是太遥远。美国的技术知识，还有其他东西，在最近几十年，一直吸收着欧洲的观念。毕竟，这些观念通过高等教育突飞猛进的增长和平装书的生产得以推广，正如一个纽约出版商曾经告诉我的，这些

---

① 即人工呼吸肺。

平装书就像煤炭被铲进仓库。这意味着十六岁的学生可以在学校剧场熟悉贝克特和尤奈斯库,很快又会遇到尼采和马克思、斯宾格勒、萨特、加缪,以及各种反乌托邦作品,都以廉价的版本印行。换句话说,大多数为美国的纯洁性辩护的人,认为欧洲一直都是邪恶的源泉,这些人无论怎么想,衰落和腐朽的神话必须具有传染性。我说这是神话,因为,显而易见,比真理或非真理更强大的光晕与语调之间的特定联合在这里起着作用。此外,很难将欧洲和美国的贡献区分开来。出生于美国的 T. S. 艾略特,如今需要阅读他,他在一个缩小的海洋两岸,代表了一种阴郁、哀伤的语调,他几乎不是一个例外。

一个快乐的年轻巨人,一个掐住怪物咽喉的摇篮中的孩子,在它面前是一个更辉煌的未来——美国的形象最终也是神话的。我们可能不会犯下大错,倘若假设一个沃尔特·惠特曼在《草叶集》中创造的那样的国家从未存在,它是从他的想象中衍生出来的,就像都市中的荒野,有着一个无法接近的核心——巴尔扎克的巴黎。然而,惠特曼对前进运动和空间的醉心,对应着开拓者和定居者的心情,他们的努力在物质的成功中获得了回报。但几乎在其开端上,几乎在其根基上,美国梦想着“世外桃源”(Arcadia),这里有着与自然相一致的和谐生活,有着自给自足的个人,他快乐和真诚,唯有当他以斧头和步枪从大自然获取自己所需要的东西,逃避社会和总是腐败的国家。惠特曼也赞美这样的亚当。梭罗相信文明的新英格兰人作为具有“宁静的绝望”的人承受了命运,他宣扬公民不服从,逃到森林湖边的原木小屋,在一些事情上树立了美国知识分子的典范。而且,我吃着酸冽而苦涩的欧洲菜肴长大,如今被新一代梭罗们包围着,他们与自己精神上的先祖不同,认为数百万同胞的“宁静的绝望”是对人的宰制日益增长的文明的结果,他们虽然诡异地等待着这个方向被证明是错误的,却引用尼采或马克思,或从生物学中挖掘出的东西,来解释有机体的生老病死。

无形的与新异的

理智的和其他的时尚都发源于这里，然后蔓延到整个美国，如果我不住在这里，可能会问自己多少有些不一样的问题。我会不太确定，那些仍然没有命名、绝对新异的东西如今正在出现，我会随着大家一起说，新的每一代人过完了放荡生活后都将荒唐滑稽的行为抛诸脑后，暂时被扰乱的社会秩序就会重申其权利。然而，在这里，人们可以太清楚不过地看到，一小伙志同道合的人如何变成一大撮，然后变成一群。最初的模型是由作家和艺术家提供的，他们远离了庸俗的金钱文明，退回到荒野的太平洋沿岸，来到卡梅尔的小镇附近被称为大瑟尔的地区。那是在四十年代。然后，五十年代，“垮掉的一代”出现了，它既是一个旧金山诗派，又是一种生活方式。“垮掉的一代”愤世嫉俗的反叛不是没有影响，他们的作品连同其他因素为下一场突变做准备。六十年代中期，旧金山的海特街和阿什伯里街被称为“嬉皮士的乐土”；全美国绝望的父母开始到那儿寻找着逃逸的十几岁儿女。

但是在此之前还发生了很多事情。各种大师宣讲禅宗佛教的教导，在奄奄一息、徒有其表的宗教的叛徒们中间产生了极大的反响，一般而言，他只是隐隐约约意识到基督教和犹太教的基础；此外，人们从欧洲文学中以二手或三手的方式获得了这种东方智慧，这使得创作过《荒原狼》以及此类小说的作者赫尔曼·黑塞，再度声誉鹊起（这些书最初写下的时候，引起了法国人的愤怒，他们将德国人视为东方瘟疫的载体）；要不是因为黑塞的书广为流传，伯克利就不会有“荒原狼”咖啡馆。除了诱导人们进入灵魂深处，还发展出一个巨大的为了传播“致幻”物质的地下市场；基督教堂和犹太会堂被等同于老一代的心理惯性，酒文化被视为其习俗的象征；因此，放弃酒精，用大麻文化取代酒文化，具有黏合一个群体的鲜明特征，特别是因为荒谬的立法让这种草本植物获得了自己的先知和烈士。的确，很快这就会成为一个公开的秘密，越来越多品行端正的公民喜欢上了大麻，胜于烈酒。阿道司·赫胥黎的书[①]没什么让人惊讶的，这本为佩奥特仙人掌（peyote）[②]和麦司卡林（mescaline）[③]辩护的书写于加利福尼亚。在那里进行的实验很快就会成为年轻一代成年礼的正式部分，特别是麦角酸[④]被发现，它甚至在最简陋的实验室中

---

① 指英国作家阿道司·赫胥黎一九五四年出版的散文集《知觉之门》（*The Doors of Perception*），该书阐述了一九五三年五月他在致幻剂麦司卡林影响下的迷幻经历。

② 一种仙人掌科乌羽玉属多肉植物，原产于美国得克萨斯州西南部至墨西哥，国内叫作乌羽玉，体内含麦司卡林等生物碱，可致幻。

③ 学名三甲氧苯乙胺，一种致幻剂。服用两三小时后出现幻觉，幻觉可持续七八小时甚至十二小时以上，甚至可导致精神混乱。

④ 一九三八年瑞士化学家艾伯特·霍夫曼利用麦角中所含的麦角胺、麦角新碱，首次合成了麦角酸二乙基酰胺（lysergic acid Lysergids，简称 LSD），是一种无色无嗅无味的液体，属于半合成的生物碱类物质。LSD 是已知药力最强的迷幻剂。

也可以生产出来。处于麦角酸影响下的旅行需要指导者的帮助,这位指导者清楚每个“旅行者”要经历的连续阶段;只要经过一段很短的路程就可以从那里进入仪式——迷狂的聚会,伴随着一种东方音乐、哈西德教派的(Hasidic)①鼓掌和印第安舞蹈的大杂烩:他们梦想与印第安人之间的兄弟情谊,印第安人的宗教赞扬这些麻醉剂的使用,它们提供了一种无所不包的感觉,而印第安人受到过属于基督教酒文化的美国白人的迫害。来自印第安人的时尚被吸纳——适合于男人的长发,扎着束发带;金属或珠子项;绘在脸上的图案。但也不应该忘记,所有这一切同时在诗人、雕塑家、画家、游手好闲者等身上迅速滋长;在任何情况下,人们宣称他们想投入到沉思和创造中去,而不是去赚钱。对于我父母的一代,美国是一片拜金主义之地,而今天它显然正在成为世界上最具诗意和艺术性的地方。

“亚文化”可能会引起社会学家的兴趣或殊异之物爱好者的欣喜,但我不把自己算作任何一类。不同种类的亚文化出现又消失,如第二次世界大战后聚集在巴黎“洞穴”中所谓的存在主义者所展现的。在其最引人注目的形式中,我讨论的运动只是这样一种短暂的亚文化,或者,相反,是一种融入了一般时尚潮流的运动。重要的只是,它是美国分裂为两个相互敌对部分的症状之一。

这意味着什么,假如在这个或那个国家,学生——直到那

---

① 系犹太教派。该派虔信律法,是犹太教正统派的一支,受到犹太神秘主义的影响,由十八世纪东欧拉比巴尔·谢姆·托夫(Baal Shem Tov)创立。

时，他顺服，整洁，留着平发，追求着明确的目标，即一个高薪职业——成为颠覆的同义词？如果披着长发和胡子拉碴的他拒绝父母信奉的一切宗教、社会和政治价值，去寻找生活的意义，听难以理解的音乐，并投身于不可思议的毒品试验？如果政治颠覆分子、流浪汉、学生、诗人、原创民谣歌手与甚至是印第安人之间的边界被抹除，而这就是最近在欧几里得大街搭我便车的嬉皮士们的状态，又会如何？如果不只是在旧金山，而是在显然不太适合这类事情的城市，整个社区迅速成长，居住在这里的人不担心住房，以牛奶和水果为生，穿着破烂毛衣在周围溜达，但另一方面，有时间阅读，写作，画画，却不加入"你死我活的竞争"，又会如何？

我能见证"世纪末"[①]波希米亚人的重生吗？这一切，穿着，对普通人的厌恶，哲学的幻想，都表明我正在见证。是的，但当时欧洲的波希米亚人寥寥可数，他们所蔑视的市侩几乎对他们视而不见。这里，不再是几十个"被诅咒的诗人"[②]，取而代之的是数十万人接受了那种思想和生活方式，不仅是数量，而且是质量，都发生了改变。我听说一个观点，说这只是另一个历史上的笑话，反对机器的动荡状态正在美国发生，尽管有人预测，普遍的平均化可能事实上就是机器的完全合法的产物。平均化恰好与自动化的开始出现在同一时间，自动化剥夺了数目更为庞大

① 原文为法语：fin de siècle，指十九世纪末，当时，尤其在巴黎，出现了大量放荡不羁的波希米亚文人和艺术家，在现代主义文学艺术上取得了重要成果。

② 原文为法语：poètes maudits。

的人的工作。然而,由于在自动化工厂中生产的产品必须销售出去,国家将保证每个人都有体面的养老金;即,赚钱将与工作分离。因此,会把人划分成为那些负责机器正常运行的少数人,和享受不计回报的权利的大多数人。但对于一般的美国公民,在他目前的水平上,免于一切工作将预示着疯狂;即使假设亚当的负担可以解除,并且可以回到天堂,他花费在东奔西跑谋生上的所有时间,不可能由性、钓鱼和邮票收集所填满。因此,这场新运动似乎是一个人类出于本能适应不断变化的环境的标志;充满哲思和诗意的波希米亚人总是知道如何找到诸多有趣的方式消耗他们的时间,在毫无羁绊的状态中完成这一切,在他们看来,让愚蠢的民众承受羁绊是正当的。

根据刚才表达的意见,它们可能正确,也可能不正确,我们这里正在谈论未来的先驱,他们将自己的外观伪装成颓废。对这种解释有很多要说。摩洛被披长发者认为是可怕而非人的,在他们看来,摩洛没有受到人类控制,也永远不可能受人类控制;相反,摩洛吞噬了那些想要控制他的人。剩下的一切就是退出,使摩洛的呼吸尽可能少地毒害我们,免除他自己的责任。然而,与此同时,摩洛存在的力量从来没有人质疑:那种关系的外在标志就是金钱的使用,这些金钱由摩洛的短发仆人们赚取,由披着长发的人花费。无论这里有着何种道德矛盾,毫无疑问,这整个运动不可能发生在一个穷国。黑人,通常而言生活贫困,不太看重那些漫不经心的空想家,尽管黑人将他们看作反对给予白人快乐的一切的盟友。

一个安全阀,一个生长中的边缘群体?它可以轻而易举地彻底变成另一个东西。人们无法在顺从避世的态度与积极反抗的态度之间画一条界线,正如在欧洲的一个时期内,在艺术家们的咖啡馆中,很难判定谁是夸夸其谈者,谁是专业的革命者。成千上万的聚会,静坐,反战游行,既吸引了大规模的波希米亚人,又吸引了那些气质十足的活动家和组织者。几年前在伯克利,看着坐在希腊剧场[①]石凳上的一万四千名学生充满敌意地向大学校长克拉克·克尔(一个自由派)的演讲大呼小叫,我意识到,为了理解这一点,就必须借由另一个国家、另一个世纪进行衡量。集体情绪的力量与造成他们不满的原因之间不成比例,如果理性地看,这种力量是微不足道的,学生联盟的特定名称,“自由言论运动”,对欧洲大学生没有任何意义,欧洲大学生绝大多数遭到漠视,享受不到多少权利。这是一个间接的排解:大学的当权者被视为一般权力的代表。希腊剧场中的大学生被心照不宣地团结起来,对他们来说,显而易见的前提是,任何来自邪恶制度并保护这个制度的权威都是十足的恶魔。这不就是十九世纪的俄国知识分子吗?可以在美国公开表达的观点,在俄国将意味着监禁,西伯利亚;俄国革命的组织者还没有对讲机,而这在各种大规模示威游行时是一个非常有用的工具。然而,如果我们把俄罗斯知识分子的主要特点看作信念,即凭借着

---

① 即威廉·伦道夫·赫斯特希腊剧场,当地人称之为“希腊剧场”(Greek Theater),以埃普道鲁斯(Epidaurus)古城里的露天剧场为蓝本修建,坐落在伯克利丘陵山脚下,位于加州大学伯克利分校边缘。由其冠名方美国报业大亨威廉·伦道夫·赫斯特(William Randolph Hearst, 1863–1951)捐资修建,一九〇三年落成。

道德原则的名义，一个人必须谴责“他们”——即制度的支持者——而他们提出的任何改革必须是一个谎言，因为十足的恶魔不能用折中办法消灭，相似性变得清晰。还有对农民问题的相似之处，这个问题引起了强烈关注，至少在情感上——黑人，被驱逐到贫瘠保留区的印第安人，加利福尼亚的墨西哥农场工人。这并不意味着历史在重演，并不意味着类似于俄罗斯的精神苦修者组成的修道会必定产生类似的后果。境遇不同了，就像“历史的加速”。普遍繁荣作为理想在这里没有什么吸引力，因为它已是“他们的”理想。此外，这种来自国家的异议正在一个国家中发生，在这里，国家总是被怀疑地看待，无政府状态“从下而上”组织自己的卓越效率有目共睹。

大鱼吃小鱼：资本的集中由新闻出版的例子得以证明。较为弱小的报纸倒闭，由大产业链接管。因此，“地下出版社”的书刊之成功让人惊讶，这是披长发的编辑、投稿者、购买者造成的结果，它们与欧洲同样叫地下出版物的东西截然不同，因为在街角出售。这些难以计数的出版物中的一份，《伯克利之刺》(*The Berkeley Barb*)，对我来说是世界上最奇异的读物，虽然我遇到过各种各样奇特怪异的印刷品。此外，它说明了我刚才所说的消极避世的波希米亚人和革命知识分子之间缺乏明确的界限。《伯克利之刺》所用的语言对于只懂得正式英语的人肯定会构成问题，它采用口语，遍布方言。在《伯克利之刺》上，我阅读了许多关于在“致幻”药物的帮助下获得与神性统一状态的文章，以及一篇证明耶稣吸食大麻的长篇论文；它还刊印了许多文章,讲述由花童[①]所发现和尝试集体生活的新原则,有关他们的聚会、礼拜、互助中心等信息。虽然《伯克利之刺》的目的是为了那些在非人的机器中保留自己的温柔、善良和兄弟情谊的岛屿,在每一期上却还是有着少量的仇恨。这种仇恨的对象是所有那些掌权的人,始于野蛮的当地警察,终于白宫,白宫里的官员被恶毒的图画和不敬的绰号改变了形象,至少可以说,变成了罪犯的特定形象和象征。“黑豹”组织中的年轻黑人非常有效地助长了少量的仇恨,他们宣布每一个“白鬼”,无论他是否愿意,都是罪犯。至于有关革命行动的理论话语,当权派政治家们压根别抱期望。几年前,我受到欧洲“情境主义者”[②]信任而倍感荣幸,他们给我寄送了他们的杂志《情境主义国际》第一期。这是在荷兰“普罗沃”[③]运动之前,那同一个“国际”的分支,开始制造麻烦,在“情境主义者”将整个法国带入地狱之前。彻底拒绝技术工业文明,无论是美国的还是俄罗斯的版本,将人从

---

① 花童(flower children)是二十世纪六十年代旧金山嬉皮运动参与者的自称,他们多为倡导爱与和平的年轻人。

② 全称“情境主义国际”(Internationale Situationniste, 1957–1972),是二十世纪中后期欧洲非常重要的一个社会文化思潮,直接影响到欧洲现当代先锋艺术和激进哲学话语。在法国一九六八年的“红色五月风暴”中,情境主义作为一种批判的艺术观念在西方近现代历史进程中第一次成为所谓新型“文化革命”的战斗旗帜。其代表人物和代表性理论著作是德波(Guy Debord)的《景观社会》(*La Société du Spectacle*, 1967)和瓦纳格姆(Raoul Vaneigem)的《日常生活的革命》(*Traité de savoir-vivre*, 1967)。一九七二年宣告解散。

③ “普罗沃”(Provos),二十世纪六十年代荷兰爆发激烈的反文化运动,倡议禁烟等一些改善社会环境的倡议,宣扬反政府主义甚至反对工作。六十年代末,普罗沃的势力逐渐减弱并最终退出历史。

异化中解放出来的彻底革命的口号——这一切，也都进入了《伯克利之刺》的多种多样、经常自相矛盾的建议，加上针对保守派的讥讽，支持对浪漫派人物的崇拜——菲德尔·卡斯特罗，切·格瓦拉，胡志明。

所有这些混乱，对于像我一样成长于欧洲的人来说会相对熟悉，如果不考虑另一个因素——性，欧洲革命传统与它格格不入。《伯克利之刺》的投稿者们似乎公开表明了原则，即"存在普遍性交的普遍革命"，正如萨德侯爵在魏斯[①]的剧作《马拉／萨德》(Marat / Sade)中所说的那样。这就是为什么《伯克利之刺》为一个名为"性自由联盟"的社团的宣传分配了大量空间，有大量篇幅用于描述其聚会(参加起来十分容易，只要所有的衣服和遮羞布都留在前厅)，关于裸体的哲学意义的辩论，一种关于得体行为的新代码。我尤其记得一篇对男性自我主义提出控诉的文章。作者是女性，她谈到在一次聚会的尾声，临近清晨，房子的女主人来到楼下，对着十几个年轻人说话——他们已餍足于性爱，在沙发上打瞌睡——要求其中一个与最后一个少女交换，那个少女正在楼上卧室里等待着。没有人挪动身子：骑士精神和绅士风度都已死去！《伯克利之刺》上还有一部分广告，几乎都与性有关。其中一些像商业化的简洁话语而引人注目("男人想要一个女人")，但是很大一部分广告夸耀着年轻

① 魏斯(Peter Weiss, 1916-1982)，德裔瑞典剧作家，"纪实戏剧"代表人物。出身于德国犹太人家庭。主要剧作有《马拉／萨德》《调查》《关于越南的讨论》等。一九三四年随父母逃离希特勒统治下的德国。一九三九年定居瑞典，一九四五年加入瑞典籍。

男人所具有的准备效力于女人的禀赋，只需要一个人能够承担的低廉费用。所有的地方——在“地下出版物”上，这些出版社似乎横眉冷对资本主义企业的高效组织——除了年轻商人径直染指之处，就像他们开办了一家新的加油站。无论如何，“地下出版社”也必须生存，它已经意外发现了一个带来生机的法则——与性混合的革命。一些有巨大市场的出版物，十分奢华地印在昂贵的纸上，也借用了这个发现，巧妙地混合进一定剂量的色情文学，先锋派文学和左翼政治的愤怒。如今，当两个美国开始在我们的头脑中呈现出更加鲜明的轮廓，一切事物再次变得缠绕纠结、模糊不清，因为我们不能确定，所有这些《伯克利之刺》的编辑们，会不会作为摩洛的面带笑容的祭司，结束他们的职业生涯。

福音使者

慢慢地,间接地,我在接近我这本书的真正主题。但在我继续收集和捆绑各种线条之前,让圣休伯特(Holy Hubert)出现在这些书页上。几年来,这个矮小、满脸雀斑的男人每天站在加利福尼亚大学伯克利校区的入口处。他是一个福音传道者,是宣扬耶稣的教导的传道者。我几乎从来没有见过他冷静地说话。他通常捶胸顿足,神情恍惚,满脸通红,满是头皮屑的额上青筋暴起、汗滴淋漓;他嘈杂的劝诫和反对罪恶的雷鸣般的嗓音不会传得很远,因为嘶哑,他的声音断断续续,像是一种受阻的假音。他是这样一种多姿多彩的狂欢节气氛的一部分,几乎没有人为他停下脚步,听众从来不多于四五个,这些听众带着温和的微笑凝视着他,有时,假如他的热情减退,必须重新得到激发,他们就问些问题来取乐。他是一个受欢迎的人物,当地民间传说的一部分,就像穿着藏红长袍的年轻人诵经,"罗摩克里希那,克里希那罗摩"(Rama Krishna, Krishna Rama)[1],一遍又一遍。学生

---

① 罗摩克里希那(Rama Krishna, 1836-1886),十九世纪极富影响力的印度神秘家和瑜伽士。

对他示以仁慈,就像对待一个无害的疯子。

尽管有某些精神病特征,圣休伯特却没有精神疾病,尽管毫无用处的顽固的布道(很值得怀疑,他是否说服了哪怕一个学生)可能会引发这种怀疑。他的错误在于,没有向阿肯色州或肯塔基州的小镇上的公民布道,这些人会心怀敬意地倾听他,反而他决定在难以接近其思维方式的人们中间成为一名传教士,以至于那些具有宗教信仰的大学生对他的哭喊也无动于衷。也许他想模仿圣保罗在异教雅典的布道,但他完全不关心眼下正在发生的历史变化。他并不情愿成为一个某种心理结构老化的例子,这些结构伴随着其他更新的心理结构一起继续存在,在例如阿肯色州这样的地方,它们仍然被极其认真地对待,而在其他地方,在伯克利,它们似乎是恶搞。如果胡志明的支持者或"黑豹"成员开始在斯普劳尔礼堂(Sproul Hall)的台阶上演讲,礼堂就在圣休伯特工作的人行道附近,狂热、激动的人群立刻集结起来,仅仅这点就应该让圣休伯特反思,尽管他显然会用自己的方式解释所有这一切。

像休伯特这样的荒谬行为,被大学生们戏称为"神圣的"(Holy),可能值得同情,虽然他并非缺乏幽默,而且显然需要为自己的健康大喊大叫,从而发泄发泄。我正在间接接近的主题,就是日益腐蚀的观念和习俗体系,它们正在形成美国的生活方式。在某种意义上,休伯特是一个在叛教者和罪人中散布开来的传统道德的代表。警察在校园附近反对大麻的斗争是这种守卫之举的另一个例子。

波德莱尔在其论著《人造天堂》(*Les Paradis Artificiels*)中描

述了吸食完大麻后的状态，他贡献了一种关于女巫和幽灵的新型故事。这些故事的主人公是波希米亚艺术家，令庸常之辈震惊的是他们准备与魔鬼立约。这些波希米亚人的绘画和文学作品最终被确认为先驱，并被纳入“文化”，但他们的行为方式被认为是某个永远逝去时代的特征。在我年轻时的欧洲，严酷的政治动荡给人留下了深刻印象，没有人会相信，波希米亚，以其特定的生活方式，是一个具有社会和政治意义的大众现象的预兆，并且一个时代将会来临，此时波德莱尔们，尽管不一定要是天才，将会以数十万或数百万计。那些读过斯坦尼斯瓦夫·伊格纳齐·维特凯维奇①关于未来的小说的人，会认为有些东西符合他的预言，但是当他预测毒品将扮演重要角色时（这被认为是他的个人癖好），就会认为他的预言失效了。

采取合乎逻辑的方法，没有理由不将吸食烟草的人判处死刑，或不将饮用酒精的人判处长期监禁；那些是危险药物。虽然在某些国家，曾不乏因吸食烟草而被绞死的牺牲者，但是，针对烟草的严厉法令已被人遗忘。在美国的禁酒令失败后，饮酒已成为一个仪式，证明一个人是正常的、体面的、忠诚的公民。考虑到这一事实，与烟草和酒精相比，大麻是一种相当无辜的物质，无伤大雅，警察在整个六十年代四处搜寻大麻时所表现出的顽固性，像休伯特狂热的叫喊一样，成了痴迷的标志。搜索口袋，手铐，被判监禁，只能用来自“他人”的威胁感来解释，且并

---

① 斯坦尼斯瓦夫·伊格纳齐·维特凯维奇（Stanisław Ignacy Witkiewicz, 1885–1939），波兰作家和画家。

非没有根据。令人怀疑的是,大麻的使用是否会变得如此普遍,假如它不用作所有那些质疑既定秩序的人的部落标志。

我并不是要忽视大麻的政治潜能,哪怕只是因为,就像爵士乐,大麻来自地下文化,来自有色人种。黑人活动家试图消灭海洛因,这贫民窟的瘟疫,但人人都抽大麻。此外,警察禁止大麻这件事正在使白人更接近黑人,因为他们的境况变得相似:作为一种犯罪手段,它从底层,从地下,通过黑人看社会的方式,去看待社会,黑人知道,他们的肤色使他们在警察面前变得可疑。

休伯特传教的狂热:不幸的是,在观察他的时候,我不明白是什么驱使他做出如此举动,对我来说,他是一个活的木偶,而不是用来思考另一个人的愉快方式。

但至少,多亏了他,我可以弄清楚,观念和习俗的两个体系,旧的和新的体系,是如何彼此关联的。如果我可以做主,我宁愿不要被迫在它们之间做出选择。

亨利·米勒

我以前读过亨利·米勒的书，就在战后，我的反应受到了习惯的影响。我仍然没有摆脱那些习惯，我不知道它们是否值得赞扬，或者只是与我出生地的人们共有的偏见。也许它们只是偏见，但我不打算隐藏它们，所以我应该说，首先，我或许过分尊重作为准则的文学。我不认为，一个作家的手完全受意志控制，甚或受其盲目的激情控制，另一只手掌控着意志并引导它越过纸张，所以，无论他是否意识到了这一点，他的作品，借由词和句子相联结的特定方式，记录着地点与时刻，同时也服务于一些不可思议的目的。这种记录不是没有产生歧义，并非不改变意义，这取决于那个千变万化的系统中的其他变化，在这个系统中，每一个个体的声音的每个符号都变成其一部分。其次，浪漫主义的遗产可能藏身在我的某种信念背后；即，人类，生活在自身所特有的维度中，一种由于记忆和时间而逐渐累积的维度，每时每刻都产生某种关于自身的最佳知识，不追求这种最佳知识的哲学或艺术就不可能显赫一时。我并不希望作家都去证明自己熟悉各种潮流、流派等，或任何哲学化的东西——他们在文化上越是少一些势利之心，就越好。然而，我确信无疑，一个训练有素的头脑与一个未经训练的头脑在质量上是截然有别的,关于这一点,不需要学术上的争辩来证明。同样,训练头脑的传统方法是最好的,虽然,在其夸张的形式上——比如,法国的“公立高中”(lycée)——它们是可笑的。

亨利·米勒如此极端地反对一切外在于他自身的事物,以至于他反对文学是传承范式的集合,以便他可以特立独行,为自己唱弥撒,将自己的形象呈现为一个完美的人(惠特曼、哈特·克兰、埃兹拉·庞德、海明威都写过“自我之歌”)。对我来说,米勒似乎是一个处于恍惚状态中的媒介。一个呼喊着的媒介,被一股强大的电流震动,其暴烈的姿态,粗话,洪水般的痛骂,明显都是在针对某个敌人,虽然他的满腔怨怒让人不可能判定他的敌人是谁或是什么。二十世纪?美国?纽约?马克西姆·高尔基在第一次世界大战之前来到了纽约,并在其草稿“黄色魔鬼的城市”中对它进行了最令人不快的描述。“黄色魔鬼”,就是黄金。这并不是一幅夸张的讽刺画,特别是高尔基认同可怜的穷人,大量的移民;对他们来说,生活在这个城市是极度艰难的,与他们在淳朴的乡村所珍视的关于美国的天真幻想相去甚远。然而,高尔基的描画在过去太单一化,在今天只是某种针对资本主义的批判的遗物,不知何故这种批判总是错过了要害。“黄色魔鬼”被证明有能力带来奇迹,这是高尔基不能预见的,也正是由于这个原因,这个大陆上相当多的高尔基的社会主义同胞没有实现他们的目标。这个敌人折磨着处于催眠性的恍惚状态中的米勒,没有面孔或身体,它不能被抓住、撞击、伤害,它逃避命名和诊断。也许它就是二十世纪的技术文明,是假定的盲目通道，在这里，我们受到不健康的积极心态驱使，或是人类社会，或是美国——起初它似乎是这一个，随后又成了另一个，它的形象相互融入对方。无论如何，它就是世界末日，其中可以听到最后审判的号角。个人应该尽全力保护自己——依靠吐唾沫、嘲弄，像米勒那样，甚至将一本穿越美国旅行的书命名为《空调噩梦》(*The Air-Conditioned Nightmare*)。

米勒是第一批退入纯粹个人维度的先知之一，我们可以称之为性的神秘维度，他也是在日常实践中第一个从"赚钱和消费"的循环中撤退，回归到了大瑟尔布置得十分原始的小木屋。也许我二十年前将他读作无名力量的媒介，还不算太蠢。当时还没有"垮掉的一代"，艾伦·金斯堡还没有发表过作品(他的歇斯底里的嚎叫主要来自米勒)，还没有嬉皮士。无论米勒的影响是什么(不是很广泛)，毕竟，他自己并不制造那么多具有亲缘关系的人。他们受到相同力量的召唤而诞生，这些力量撕扯着他嘴上不雅的话语。

尽管我对米勒十分敬佩，因为他并不想摆脱内心所有的宰制力量，坐在打字机前，迅速敲下唾液带给舌头的任何东西，然而我从不相信他。有一种东西被称为人文主义传统，我相信，我之前所提到的最佳知识，不可能在这个传统之外获得。但是，一个自学成才的人，不仅是由他的故土曼哈顿的贫瘠土壤所滋养。他自己说，他读着弗里德里希·尼采的文字而成长。后来他大量利用了他的巴黎岁月；毕竟，他的写作技术不是自己生长出来的——很大程度上，它取自法国诗人和散文作家布莱泽·桑德拉斯。但尼采是一位在历史学、语文学方面受过良好训练的学者,一个反对学院派枯燥乏味的思想的人文主义者。同样,桑德拉斯(他在生活上喜欢冒险也可能给米勒留下了深刻印象)的活力和淡漠有着法国语法学家和修辞学家背景的经验;他伸出舌头对他们表示不屑,但尽管如此,他通过多种关系与他们连接在一起,即使是通过自己对他们的抵抗。当美国人求助于欧洲作家,特别是尼采时,会发生一些令人不安的事情。他们的矛盾不再起作用,某种特别的幽默隐藏在他们的愤怒之下,只有历史想象力才能提供这种愤怒,美国人从中提取的东西让他们与"自然人"理想进行和解;实际上,这只是自然科学意义上的人。尼采,一个郁郁不乐的路西法(Lucifer)[①],骄傲和纯洁,在米勒体内形构了一个粗俗的化身。正如有人所说,通奸是大众的诗歌。米勒没有给人类带来愉快的信息,没有带来**快乐的知识**[②],他谴责人类起初就混乱不堪,毫无意义,最后会走向灭绝。他所做的一切就是将人类一时一地的处境当作人的普遍处境,这太明显不过,至少对于像我这样的人而言就是如此,我曾经是灾难论者,后来亲眼看到了最悲惨的预言的实现,然而,这并不意味着世界的终结,而是,出乎意料地,甚至揭示了人类重生的天赋。

头脑,被学术表达压得不堪重负,它恐惧,懦弱,不信任自己,毫无疑问成了一种瘟疫,而米勒火山般的咆哮,对一切权威漠不关心,是迷人的,令人兴奋的,像一个火星人遇见了地球上

---

① 基督教早期教父著作中对堕落以前的魔鬼撒旦的称呼。

② 原文为意大利语:gaia scienza。这也是尼采的一部重要著作的名字。也译作"快乐的科学"。

的艺术和科学,他有时做出的新鲜判断令人目眩。但他伟大的写作天赋掩盖了他头脑中不够成熟的混乱。我与米勒只有过一次谈话,在巴黎,大概在一九五二年。我不喜欢他那么热衷于预测世界的终结。此外,我与他的关系不太走运。一九四八年,我答应在大瑟尔访问他,出现了一些问题,于是我没有访问他。后来,在巴黎,我答应为他找一本不容易见到的书,书中包含着一个对于人类灾难的预言,奥斯卡·米沃什的《启示录入门》(*La Clef de l'Apocalypse*),他曾在拉丁区的书店里到处搜寻。我没有找这本书,我忘记了自己的承诺,那个时候我遇到了太多麻烦。米勒在他的回忆录中强烈地责备我这一切,在回忆录里,以其一贯不够精确的语言,把我称为一本畅销小说的作者。导致这个报复的原因显而易见。米勒要求绝对的赞誉,不喜欢任何有所勉强的人,也许他是对的,他认为我未履行承诺是拒绝尊敬他。

我,马达,大地

到目前为止,在所有这些书页上,我可能只是正在接近我的主题,由于这些是最后几章,我也许应该将一篇关于汽车的简短文章纳入其中。不是作为马达、变速箱、速度等的汽车,也不是作为在城内穿行、用于郊区旅行的交通工具,而是作为一种在我和这片大陆、在我和世界之间建立联系的特殊手段的汽车。由于和欧洲人的习惯有相似之处,因此这不用解释。只有一次,开车从佛罗伦萨到罗马、穿过罗马郊区的荒地时,我在欧洲才感觉到了某种暗指三位一体的东西——我,马达,大地。但即便那时我向着某个地方,那里有一个目的地;当我们径直开到一片无边无际的荒原,只有一些零零星星的人家,在起伏跌宕中一再地望见城市,目的地又成了别的什么。如果目标不能与周围环境充分区别开来,要让对该目标的追寻变得正当有效,唯有手持地图,下定决心到达一个目标,但任何变化都无法预测,所以行程只能成为持续的运动,与此同时,搞不清楚我们是在移行,还是静止的见证人,就看到一个点缀着千篇一律的加油站、路边餐馆和汽车旅馆的移动空间。城市:高速公路带让我们穿越城市的对称矩形,否则就纯粹只是障碍,因为这些城市迫使我们减速,停在交通灯前。旅行发生在汽车内部，最终接触的唯有汽车，并且旅程的测量只能通过车速表的指针和里程表上爬过的数字；外面的一切一闪而过，出现又消失，银色，虚幻，一个屏幕。也许长途火车和飞机上的乘客也以同样的方式与现实分离，但是他们的被动性预先被接受并被写入合同，即车票。汽车车主有着积极的被动性，他拥有渴望活动的持续欲望，渴望一种唯有握住方向盘的活动，但是他不断地被再次投入被动之中。在南加利福尼亚州和亚利桑那州的沙漠中，除了寻找汽油或食物之外，为了任何东西而停车的想法似乎都是荒谬的——何必看到窗外你需要的一切，却烦恼不已？除了矮小、多刺的植被之外，那里什么也没有。虽然内华达山脉的针叶林很吸引人，它有着绿色和阴影，但在走出几步之后，它也会熄灭想要步行其间的欲望，不愿穿行在覆盖着碎石的地面，岩石，无法接近的灌木丛中间。但是我们的积极被动性也可以在人与人的关系中感受到。我们路过他们，他们忙于日常工作，沉浸于房子和小镇。当我们在商店，餐馆，汽车旅馆前停下脚步，我们与他们交谈——但不同于人们骑着骆驼、马或乘着马车旅行的方式。他们并不带我们进入其帐篷，他们不会大摆筵席，向罕至的贵客致敬。问候与道别的仪式那么索然无味，在我们和他们之间设置了一段距离，我们彼此擦身而过，如同流水经过鹅卵石，所以他们的眼睛、嘴巴、动作，都让我们更加烦忧不安。他们神秘地自我封闭，让我们在内心困惑不已，仿佛我们来自另一个行星，凝视着人类。

我-他们。一个根本性的敌对，正是我们人类命运的核心，有时模糊不清，却往往显得严峻。我，是欧洲人；他们，是美国人?但我生活在这里,也是出于和他们相同的原因,因为事情在欧洲糟糕透顶,我不想忘记这一点。一个简单的真相还没有引起足够的关注,即普通人没有时间去熟悉与他们最切身的环境毫无关系的那些观念和习俗。他们的视野是由地球表面的曲率来限定的,因为他们从房子的门口看到这幅景象,他们去往何处,就把这幅景象带往何处。这不是我旅行的方式。童年的时候,我在一个截然不同的文明中长大,然后学习其他文明——不是从书本,不仅仅从书本,而是凭借我的五种感官。即使有了这样的背景,我,自己车内的一个旅行者,不想做比较,诸如"在欧洲,我们……在美国,你们"。对我来说,"我和他们"只是指像我一样同时生活着的人。所以,实际上,我那篇关于汽车的文章应该命名为:"如何与人交往?"

我说过多少次,在那些类似游牧营地的小镇上,墙上遍布被涂鸦的胶合板和霓虹灯,多么短暂,多么凑合:"生活在这里,会有多可怕。"然而,一旦置身于加利福尼亚州最南端的一个小镇"沙漠中心"(Desert Center),我会怀着欣赏的心情看待它,只是因为它的名字如此贴切,尽管实际上没有人知道一个沙漠可以有一个中间地带或中心。但这个名字比尤里卡(Eureka)、阿尔西比亚德斯(Alcybiades)、锡拉丘兹(Syracuse)好多了,几乎和马卢尔国家森林[①]一样好。在"沙漠中心"小镇,当女服务员——她的服饰、头发和化妆都无可挑剔——正在准备汉堡包,我对自己不应有的优越感的恼怒在这里找到了表达形式。因为我认为

① 位于美国俄勒冈州。Malheur,法语,意为灾难、不幸、厄运等。

她和这里的每个人都是精神上的瘸子,不幸的是,最简单的计算就可以恰到好处地证明这一点。每天在工作上花费的时间,不仅不允许他们突破思想惯性,而且还让他们巩固这些思想惯性。一切都取决于听从一个特定的大众规范,他们只能获取别人所给予的东西,从口红和除臭剂,到杂志,都有着明亮的彩色包装,还有电视,变得更加野蛮,更加白痴,都是来自大城市的遥远的东西。选择的自由按照里程表上的英里数成比例减少。有关图书交易的统计数字代表着全国平均水平,然而纯属误导,因为在所有像"沙漠中心"这样的城镇,看不到一家书店。当地报纸提供着"事实";但是人们一旦缺少了在别处获得的教导,就不能在这些事实之间建立任何富有主见的关联。然而,这个国家主要由这些城镇组成,他们在公民选举时投票给聪明但往往不太有脑子的政客。

外省的乡下佬和白痴遭到留着胡子和披着长发的人的厌弃,而且这种感觉是相互的。如果旅行者留着胡子,这道德和政治上的相异标记,规范而正经平淡的接触就会令人烦躁不安,而如果一个陌生人剃得干干净净、戴着牛仔帽,这种接触就变得几乎亲切异常。我没有想过,我会不得不重复我和许多世代的欧洲人已然熟悉的经验。在欧洲,特别是在东欧,远至浪漫主义时代,人们被分为贵族和庸众,贵族精神纯洁,梦想将人变成天使般的存在,庸众通常被简称为猪猡。从那时起,绝望的诗人和革命者的呼喊声纷纷响起,秉持着更深刻的理由抗议一种生活。跻身知识阶级显然割裂于"大众",而大众被认为是无可救药地冷漠,或者需要被唤醒去行动。渐渐地,资产阶级,随后是农民,不再被视为希望的源泉;如今,无产阶级得到关注,因为它的命运似乎使它成为普遍辩证理性观念的化身。年轻美国诗人的诗歌，在大多数情况下充满愤怒，喜欢描述开车穿过具有敌意的乡村的旅行，而乡村在诗歌中极少占据位置——之所以有敌意，是因为这里，意识在对无意识做出判断。这让人想起俄罗斯诗人的抱怨，他们对俄罗斯的文盲和迷信的农民感到惊恐。然而，如今没有赤脚的文盲，没有农民，资产阶级和无产阶级的范畴已经模糊不清，除了后者的肤色留下的烙印。

我明白美国青年对什么感到痛苦，他们那么义愤填膺，那么富于创造热情，那么具有浪漫气息。一个法国朋友，一名巴黎知识分子，开车从海岸到海岸横跨大陆，如此总结她的观察："我的上帝啊，这么多不幸。"[①]她不必向我解释她说这话的意思，因为她和我都认为，人拥有纯粹的潜能；如果人的潜能受到阻碍，甚至到了一个程度，即被剥夺了可以表达愿望的语言，因为这种语言已被大众媒体的语言取代，使得一切都浅薄而虚假，这多么糟糕。但是，某种缺乏引起的苦恼感受并没有消失，人们因为搞不清为什么而痛苦不堪。偶尔，他捕捉到一种无法获得的真正存在的微光，这种存在超越了他的虚假的、不真实的存在。那些受压迫的、被阻碍的愿望不时地迸发，变成盲目的攻击，正如我们在电影《邦妮和克莱德》中所见。我的法国朋友谈到的"不幸"不是别的，可能只是无能力去抱怨。没有牢骚，没有对自己的怜悯。一切简简单单地存在着。而且，至少在表面上，一切都完美无瑕。

因此，"我和他们"只不过是一个"知识分子"（无论什么类型

---

① 原文为法语：Mon Dieu，quel malheur。

的——美国的,法国的,东欧的——不再是稀有珍宝,因为他们如今一群一群地存在)反对着受制于惯性的人们。在我少年时,此种反对是一种令人羞愧的经验,似乎是个人的,并且只对我一人有特殊意义,它让我变得独特,倾向于让我进入自豪的孤立状态和接受政治左翼的口号;但如今异化成了荣誉的徽章。然而,我现在不再是曾经的样子,虽然我能认同与我志同道合的人,能感受他们的愤怒,但我还是有点不信任他们激烈的诅咒。

萨克拉门托是一个大城市,却只是另一个方圆数平方英里的"沙漠中心",对我没有什么吸引力,我肯定不想住在那里。正是在那里,一个大学生,一个年轻的傻瓜,问我萨克拉门托的生活与集中营的生活有什么不同。我不得不轻轻地向他保证,它们之间迥然有别,轻轻地,因为任何说服都会在一个无法分清小烦恼和大痛苦的人身上迷失方向。这个年轻的白痴从来没有面对过饥饿,他每天洗澡,开车,一辆老旧的车,却属于他自己;他可以从图书馆借走列宁和毛泽东的作品,所以,他已经忘记了人类需求层次中第一位的东西。他也忘记了,他是怎么来到他置身之处的。对于他来说,平凡却整洁的小房子,棕榈树成荫的街道,草坪,都拥有着事物的重量,这些事物存在于自身之中,自给自足。即使他有时的确想象着,在多山的海岸和内华达山麓之间的炎热谷地中属于他的区域曾经那么天真无邪——两百年前,大致在那时候,约翰·奥古斯特·苏特的要塞孤单地耸立在那里——唯有一脸不屑地做个鬼脸:这一切值得吗?

但是,总体来说,美国的汽车旅行导致了对人的崇敬和同情。这片大陆的广袤无边,层层叠叠的岩石,沙地,干涸的盐湖床,所有这些充满敌意的美丽，让人在一天的旅行后，只剩下一种令人不知所措的胜利感。因为，毕竟，我可以是一个男人或一个女人——在多少天或几个星期之后？——经过我看到的岩石和沙漠，与牛车一起行走，或在马背上旅行。最终，地球上任何东西的价值都是由它的抵抗力来衡量的。原始的、纤尘不染的自然是美丽的，但对于干渴难耐的人或拄着棍子，身后拖着一条断腿的人来说，一点也不美。虽然是我亲眼所见，但是我无法相信人们能够掌控和驯服这个地理怪物，它用高速公路的绳索系住自己的身体，这就是高速公路的用处。汽车旅馆置身于玄武岩块和黄草丛生的荒野风景中，有着干净的床单、舒适的床和带热水的浴室。女服务员，在一个周围环绕着瑞士或荷兰面积大小的区域、栖居着响尾蛇和土狼的小镇加油站工作的小伙子，与他们在大都市的同行们一样标准化。但是，如果所有这些只有牺牲他们的心智才能如愿以偿呢？谁会想要去做他们在做的事情，并被困在那里？我不会。但是，毕竟，他们为了我、代替我在艰苦工作。

我准备以某种心平气和的状态接受汽车旅行的另一个方面：人正在破坏自然这一景象。从征服，走向毁灭？在哪里，什么时候，一个人应该喊道：“停下，够了。”加利福尼亚西北部直到最近依然是一片原始红树林，一片世界上最古老和最庞大的荒野的森林。今天，为了拯救剩下的部分，生态保护主义者们正在与伐木公司发动一场战争，这场战争毫无胜算，原因很简单，如此巨型的木头可以盖二十座房子。作为热爱森林的人，我将目光从那片锯子在上面经过、被破坏得惨不忍睹的山坡上移开。生态平衡遭到破坏，这片森林再也生长不出来了。或者，这也是那个代价的一部分？所以人们可以在锯木厂工作、赚钱，所以一个地图上叫作阿克塔[①]的城市可以建造在那些锯木厂附近？旧金山湾的海岸曾经绿树成荫，印第安人曾经在其水域捕猎野禽；脑袋上伪装着树叶，印第安人会游到一群野禽边上，抓住鸭子或野鹅的腿。如今，为了利益，那些海岸需要堆满垃圾，扩大足以用于建筑的区域，而工厂的废弃物污染着海水。这一切不合理却不可避免，或者不合理却并非不可避免？显而易见，汽车让我们的问题成倍增长，因为它让我们变得无所不在。

① 阿克塔（Arcata），美国加利福尼亚州洪堡县下属的一座城市。建市于一八五八年二月二日。

论美德

Appellata est enim ex viro virtus; viri autem propria maxime est fortitude. [美德这个词源自vir,即男人,而勇气最适合用来描述男人的特质。]

西塞罗

美德,*virtus*[①],是那样一种德性力量,从中形成可以勇敢面对世界的不可或缺的品德——勇气,决心,韧性,对于不断变化的情绪和冲动的控制力。如果我深情地看待自然,我对待美德就会少些敬意。由于自然不是一位慈爱的母亲,而是会毫不犹豫地蹂躏并杀害我们,倘若我们置身其中而没有武器或工具,所以,必须高度尊重美德,因为唯有它允许有效地使用武器和工具。西塞罗所说的勇气(*fortitudo*)[②]可能存在于邪恶的人和善良的人身上,聪明的人和愚蠢的人身上。美德在我们意志独立

---

① 即"美德"的拉丁语形式。

② 即"勇气"的拉丁语形式。

存在的情况下高度表现自身,命令我们以一种确定的方式行事,而不是别的方式。只要与自然之间的斗争将组织的必要性强加于人,就会将他们分成发布命令的人和实施命令的人,压迫者和被压迫者,主人和奴隶,主人在不危及他作为主人的地位的情况下不能摒弃美德,而奴隶尽管有着生存的欲望并智胜主人,但仍被迫履行美德。让人震惊的是,人类历史上有过无穷无尽的例子,证明美德让社会、国家和文明保持勃勃生机——领袖和士兵,虐待者和被虐待者,圣徒和罪犯,船长和船员,雇主和工人的美德。没有人能够否认那些人的德性力量,成吉思汗和他的将领们,或科尔特斯①和皮萨罗②的骑士们,或资本主义的禁欲主义者们,他们像折磨别人一样折磨自己,或一代代的农民,他们在小块土地上艰苦劳动养活全家。人类值得钦佩,因为尽管罹受了那么多痛苦,却依然无所畏惧。如果,无论是好是坏,我们的星球已被技术制伏,这很可能并不是一些非个人的、无法避免的发展规律使然,而是因为群体、国家和阶级的美德,是它们的自律为此创造了适宜的条件。

迄今为止,美德必须在与自然的斗争和人与人之间的斗争中得以行使,在这场斗争中,失败者遭受灭顶之灾。如果不是因为自律和克己的能力,人与人彼此对立的冲突就不会那么冷酷

---

① 科尔特斯(Hernán Cortés, 1485-1547),西班牙探险家。一五一九年率领一支探险队入侵墨西哥。建立了城市维拉克鲁斯后,由于他的机智和勇气,征服了阿纳华克地区的阿兹特克人,在墨西哥城传扬天主教思想。而后北上探索南加州。

② 皮萨罗(Francisco Pizarro, 1475-1541),西班牙探险家。开启了南美洲(特别是秘鲁)的西班牙征服时期,也是秘鲁首都利马的建造者。

无情。我们这个世纪最大的战场——第一次世界大战中的凡尔登和第二次世界大战中的俄罗斯平原——永远地见证了那些有着惊人勇气的最平凡者，那些穿着法国和德国制服的寂寂无名的乡下人和城市居民，德国和俄国步兵。但是，在和平时期，这些同样的农民、工人、店主和记账员，接受了“不劳动者不得食”的法则，每天早上去上班，从而证实了自己身上的优点。也正是他们的双手，制造了大炮、机关枪、坦克和炮弹，他们正是用这些东西相互屠杀。

我们可以提出一些反对美德的论点，因为美德促进了顺从，它是一种秩序的媒介，无论那是何种秩序，美妙的或肮脏的。异教徒、叛道者和革命者都不缺少美德，但总体来说，美德与焦虑的心灵和不安的想象力难以并存。当我们所有的努力都直接获得圆满结果，心里就总有些怀疑，对我们的目标，甚至是最微不足道的那些，我们会低声说出各种各样的疑惑；想象力在当下和下一个小时或下一天之间搭建起桥梁，这并不合理。也许美德倾向于保守或反动。一位波兰评论家批评约瑟夫·康拉德在他的海洋故事中赞美了船员的英雄主义。他笔下的海员毫不犹豫地牺牲自己的生命去做必须做的事，他们不考虑自己的努力会带来什么结果。然而，船只是船主的财产，船主将一船货物运往海上以便出售获得利润。因此，约瑟夫·康拉德间接地成了既定秩序即资本主义的捍卫者。这个结论并非完全没有逻辑，尤其是因为康拉德笔下的英格兰下层阶级的贫穷实在骇人听闻，但这种逻辑依然不太严格。任何社会制度必须有赖于工人、水手和士兵的美德,否则就无以存续。如果在被称为社会主义的国家中,工人、水手和士兵出于对国民经济的爱而履行职责,没有人会尽举手之劳。那个批评家的结论似乎只是意味着,为我的事务工作的人的美德值得称道,而为我的竞争对手工作的人的美德就要反对。

然而,毫无疑问,一名作家主要关注其主人公具有男子气概的"勇气",他对革命口号多少会有些不敏感。美德的实践并不容易,需要强大的意志力,因此,对优越者的仇视,对他们以及他们所设定的目标的嘲弄,以及对反叛的煽动,都因分歧、无政府状态、软弱而被拒绝,因一种倘若不想玩忽职守就必须克服的诱惑而被拒绝。美德并不提出质疑。无论他们的首领、领袖或君主是谁,他们只做被告知要做的事情,因为他们必须做。这并不意味着他们只是机器人。他们这样行事,因为与自己一样的他人就在他们身边,他们必须忠诚于他们,与他们团结一致。此种团结也可以称为一致性。

美国是一个美德之地。通过美德,美国产生并实现了其技术力量。殖民者的团结证明这比他们对英国国王的忠诚更强大;这里应该思考虽然美德基本上不愿咒骂、不愿做出煽动性的讥讽,但它如何以及何时,越过一道槛而开始服务于革命。但这些不是简单的决定,双方在独立战争中都表现出巨大的坚韧,就像双方后来在内战中所表现的,这场内战是十九世纪一次特别血腥的冲突。但是,美国的整个增长是追求利润,拜金主义,美元的统治?这一点确定无疑。金钱不正是人的斗争中的量化标准？难道不愿承认，从经验上来说，是“最好的”人获胜了吗？“最好”不就意味着更加勇敢，更有能力，更顽强，更勤奋？总而言之，不就是更有能力抑制自己瞬间的奇想、恐惧、梦想、绝望、渴望吗？这里，不幸的是，美德似乎主要由抑制和放弃所构成。我想躺在阳光下，但我起床，动身离开，因为我必须这么做。我感到害怕，但我禁止自己害怕。我不相信我正在做的事情有什么意义，但我禁止自己那样想。我的工作已然足够，现在我应该休息一下，但我不休息，因为我已经预先指定了我可以空闲下来休息的那个小时或那一年。

抑制。为了满足明天的需求，以此为名义，我否认今天获得的满足。美德也采取这种形式。为了不去享受远离工作的一天，我突发奇想，要让自己花费这一天去制作一个工具，它将会让我明天的工作变得更加轻而易举。第二天，我又想到，值得花几天来制作一个工具，虽然本可以在短时间内制作其他工具，等等。这是一个寓言，人类制造机器，是用来制造其他机器，再用其制造其他机器。或者，有关于一个人的命运，一个痛苦了几十年的人的寓言，他压抑了一切欲求，存下钱，为了有一天可以“享受生活”，到时候却发现，为时已晚，因为他不再有什么欲望。或者，回到海洋文学，它们总是描绘全体船员，一个微型社会，与代表整个宇宙的元素相对抗，赫尔曼·梅尔维尔的小说《白鲸》(*Moby Dick*)提供了另一个例子：亚哈(Ahab)船长，痴迷于搜寻白鲸，让他既不能休息片刻，也不能暂停。也许亚哈是个疯子，但他拥有最高形式的美德，这种美德抑制其拥有者，也抑制其他人。

技术是浓缩并整合进了具体形式中的美德。虽然在一个具有普遍的兄弟情谊、善良与和平的世界中可以想象出技术进步，但并没有出现过这样一种东西；我们能叫得出的任何发明是在一种或多或少开放而积极的暴力、强制、剥削所构成的条件之下实现的，伴随着施加在弱者身上的严厉制裁。技术的两个面目，一个仁慈，一个恶毒，对应着美德的两个面目，其中之一就是死亡的帮手。出于这个简单的原因，美德并不喜欢争论者和怀疑者。作为世界上最有美德的民族之一，德国人将权力赋予一个比亚哈船长更危险的疯子①，因为他不是命令一艘船，而是命令一个臣服于他的国家走向终点，走向最终的灾难。

美国的美德，主要是美国乡村的美德，由天真、无知、平庸的沉闷所滋养。几乎每次选举过程都会让人们认定，没有什么比这更愚蠢的了，却会被用作诱饵，只要它是美国的就够了——即，不被标记为外国进口。如果不在这里看到毁灭的种子，濒临一场新的内战的整个国家的种子，整个世界的种子，头脑未免就太简单了。其他美国人的抗议，现在有数百万之多，形成了对美德的仇恨，因为美德迫使一个人加入“你死我活的竞争”，接受既定的东西，去实现、行动、斗争，与邻人的道德保持一致。

为了否定美德，人们必须用怠惰抵制工业，用即时的满足抵制清教徒式的禁欲，用明天抵制今天，用大麻抵制酒精，用寡廉鲜耻的放纵激情抵制表达情感时的节制，用集体抵制孤立的个

---

① 指希特勒。

人，用粗心大意抵制精打细算，用迷狂抵制冷静，用混杂多元的种族抵制种族主义，用政治反叛抵制臣服，用诗歌、音乐和舞蹈抵制僵硬的尊严。在这一切的背后，有着一个永恒的信念，认为“我们已经走得太远”，美德已经把我们带到太远的地方；因此准备砸碎机器，这些为奴之家（the house of bondage）[①]的守卫者。在反叛的许多要素中，最强烈的可能是回归的梦想。原始人获得了敬意，他们没有文明的压抑，不为自己的本能感到羞愧，其身体的节奏与自然的节奏合为一体。在美国以外，没有人知道，革命的福音受到的深刻影响来自对大自然的宗教崇拜，工商业造成的毒害和污染所引起的难以释怀的内疚。

三个美国作家——梭罗、惠特曼和梅尔维尔——的作品概述了（留下发展的空间）烦扰后继者的所有问题。在进步与西方文明得到尊重的时候，梅尔维尔不相信工商业可以带来有利结果，他拒绝了那时被真诚或虚伪地尊重的基督教。《白鲸》的叙述者被设置在亚哈船长和波利尼西亚人魁魁格[②]之间，在亚哈船长身上，西方基督徒的美德和疯狂融为一体。胜利降临在魁魁格身上（在其死后），这是一个对明日毫不关心的异教徒，他生活在一个永恒的今日，没有任何野心去证明他在这里或今后的价值，没有任何自我抑制的冲动。此外，对于梅尔维尔来说，魁魁格有着一种不同于白人美德的“勇气”——对处于宇宙

① 参见《旧约·出埃及记》（20:2-3）：“我是耶和华你的神，曾将你从埃及地为奴之家领出来。除了我以外，你不可有别的神。”

② 小说《白鲸》中的人物，大副斯塔波克的随从，经验丰富而勇敢。

洪流，处于把生命变成死亡、把死亡变成生命的普遍循环之中的个人，进行（东方式）消解，所以一切都被接受，行动通过对巨大节奏的顺从，而以几近客观的方式施展。

西方意义上的美德现在不仅遭受着今日魁魁格的模仿者们的怨恨，也受到内在的侵蚀，因为，它最终需要一个复杂的传统信念确保其安全，免受来自心智和想象力的颠覆性私语的影响。文学和电影已让我们充分见识到那种可敬的公民的“崩溃”，他总是做着别人期望他做的，出于此、为此而工作，养家糊口，然后突然地——经常是因为遇到一个恶魔般的女人——发现了空虚，发现了他的生活方式多么荒谬可笑。这是一个由仇视美德的报复性作家所虚构的人物。但是，崩溃，虽然其形式不那么暴力，却并不局限于个人。基督教无形的萎缩和广告神话的压力（主要是性神话或“幸福群岛”的神话，其中，属于大自然的就是好的）无可奈何地削弱了清教徒的克制。广告的神话本身充满矛盾。它们创造欲求，是为了刺激经久不断的竞争，而这种竞争需要自我抑制。同时，它的哲学，即反对原罪概念，剥夺了自制力的基础，将今天提升到世俗的或死后的明天之上。

这里有着一个巨大的不确定因素；没有人能够衡量侵蚀的程度，或者判断今天的美德与一百年前的美德有何不同。我参加过乡村集市——在俄勒冈，例如，在科斯县默特尔波因特（Myrtle Point）小镇。在那个农业谷地——不是真正的乡村，因为空气中弥漫着那么多锯木厂和造纸厂的烟雾——变换信仰和信念的想法已经化于生活的正常过程，一代又一代人地重复着。

中央大街一路的游行，飘着美国国旗，州长及其手下的骏马镶嵌着银饰的马鞍。一支乐队的乐手们装饰着假鼻子、戴着提洛尔帽[①]乘着卡车经过。头戴塑料丝球的女孩，她们的年龄从十六岁到六岁，最小的那些笨拙地挥舞着啦啦棒，吐着舌头。代表进步或波摩纳[②]的祝福的丰饶女神们坐着花车。俱乐部，协会，集会处。东方神殿的集会处：店员们脸上画着胡须，打扮成穿着宽大丝绸灯笼裤的东方帝王，戴头巾，穿尖趾拖鞋，带着横笛和重鼓。还有，农家小孩骑着的骏马，男孩和女孩，腿很长，清瘦，直立在马镫上，服装总是千变万化，一队跟随另一队，骑手，河流[③]地区的骑兵，科斯县骑兵。竞选当地官员或州参议院的候选人的汽车奔驰着："为我投票"。一条龙每隔几秒钟就会伸出脖子，喷吐烟雾，这是一个推土机公司的广告。每辆卡车都装载着一根伐倒的树木，直径超过一米——司机是那些在职业比赛中获得第一名的，这在这一片锯木厂地区是意义重大的事件。许多王者一般的美女——西瓜种植者，渔民，县里、镇上的皇后。她们飞吻，微笑。几个女孩装扮成印第安妇女。甚至有一个真正的印第安人带领着一个牧羊犬队。然后是每年的展品——各个畜栏里的牛、马、羊、猪、家禽，奖给冠军、亚军和荣誉奖的勋带。

---

① 提洛尔(Tyrol)，曾是阿尔卑斯山区一个地区，这里的人们喜欢戴一种圆形帽子，被称为提洛尔帽。

② 波摩纳(Pomona)，罗马神话中的果树女神，为果园之神威耳廷努斯(Vertumnus)之妻。

③ 大概指哥伦比亚河，北美洲太平洋西北地区最大的河流。

所有这一切都相当典型,可以在美国各地成百上千个小镇和县里找到。对于一个革命者来说,这只不过是乡下佬和外省野蛮人沉闷乏味的生活。然而,我在乡村集市上度过了美好的时光,并为他们鼓掌。对我来说,我们之间的区别就是,所有允许美德进行日常实践的框架都非常脆弱,很容易摧毁,一如我近距离观察意识形态上被设计过的体制时亲眼所见的那样。美德:要到十三岁,每天黎明从床上跳起,给自己的马、牛、羊喂食,饮水,洗刷,学习可以确保在畜牧业竞赛中获胜的一切。披长发的革命者们,通常是在一个大城市的富裕家庭里成长起来的,不知道一些轻率的法令足以毁灭农业,让农场小孩踏上一条截然不同却未必更好的生活道路。

然而,完全可能的是,一个巨大的变化正在逐步发生,美德会变得越来越少,只是因为更少的有美德的人就可以确保整个社会的有效运转。如果机器是统一在物质中的美德,那么它就能取代人类意志的努力,而且其人工大脑不必与情感作战,情感并不存在于金属的心脏里。除了相对少数的管理者之外,剩下的公民将从"勇气"所提供的痛苦和胜利中解放出来。也许是这样,但还有另一种不应该排除的可能:反常的历史,为了阻止人类过于迅速的进步,可能会暂时支持崇拜经济上低效和穷困的体制,在此种体制下,每个人都从早到晚狂热地劳动,取得的成果却微乎其微。

死亡之舞与人类的不平等

死亡之舞是中世纪晚期画家们的流行主题，有时，也出现在巴洛克时期。在那种舞蹈中，所有社会阶层和职业的代表人物，从童年到老年所有生活阶段的典型人物都跟随着死神，即舞蹈的引领者。在终极存在中，农奴和乞丐与教皇和主教、国王和王子之间都是平等的。然而，除了贫民中宗教革命的异端邪说的追随者之外，没有人质疑人在尘世的朝圣之旅中的不平等，这种不平等源自他们的农民、自由民、贵族出身。后来，当人们被普遍承认为平等的时候，对这个口号在理论层面的接受并不同于其表达的完满涵义。虽然每个人都应该得到法律的平等保护，但是一些人的货币特权，另一些人的错误做法，造成了许多分裂，而其引发的耻辱只能强化这些分裂。我自己的例子就验证了这一点，因为毫无疑问，就特权（privilege）这个词的现代意义而言，我是特权之子。我的父母重视教育，所以送我上学，但比起这些，我拥有更多的特权，因为在学校我享有很多特权，我的许多同学都没有。我熟悉大量来自工人或农民家庭的孩子所不知道的词句和想法，而我的学习并不努力，却学会了用言语和写作正确地表达自己。从家庭中带来的这些资源至关重要，正如我后来观察到的，当我自己的两个儿子在法国上学，法国是最保守的国家之一，孩子们在十一岁时被分类——有些人会上“公立高中”，并立即被标记为上层，而其他人将为“较低层”的实业职位做准备。操练着读到的第一行文字“我们的高卢先祖”（Nos ancêtres les Gaulois），我的两个儿子①，显然没有一滴高卢人的血液，一个词也不懂。然而，在语言的使用能力方面，他们很快就超越了小学同学（大部分是工人和小商人的儿子），他俩要求就读“公立高中”的申请立即获得老师认可。除了他们的先天能力，家里的书籍和三门语言——波兰语、英语和法语，我们用它们与朋友交谈——在这里起到了不小的作用。

我读完了高中和大学，然而，这没有使我免受奴役。有一段时间，特权阶层无须关心日常的口粮，但教育所确保的护卫已是强弩之末。文凭让人们从农场或工厂的体力劳动中解放出来，却不能将人们从办公桌、绘图台或实验室的八小时工作中解放出来。所以，令我厌恶的是，我意识到，生活被分裂为出卖的时间和空闲的时间：前者不真实，枯燥乏味，不堪重负；后者真实，妙趣横生，丰富多彩——但对于大多数人而言，这是一个错觉，因为疲惫让你无法利用空闲的时间。那种分裂是很重要的、很基本的，对于大多数人来说，必须出卖自己的时间便构成了他们无奈接受的失败，就像接受死亡，除此之外还有什么其他选择？考虑到这一点，我自己的传记采取了特殊形式。我很幸运，我自

① 米沃什一九四四年与雅尼娜·德乌斯卡（Janina Dłuska，1909-1986）结婚，育有二子，安东尼（1947）和彼得（1951）。

己的冥顽不化起到了作用，此外，多种多样的历史环境不断让我变得无权无势。我的奴役和富足的时期都很短暂，而我彻底自由和贫穷的时期十分漫长。我通过写作赚钱，但大多数作品是我喜欢写的，写于我想写的时刻。甚至贫穷也不太令人恼火，或者也并不持久，因为我写的书给我带来一些钱。今天，我对我的命运全然感觉不到遗憾，即使长时间苦思冥想，我也无法想象一种比我所获得的更好的境况。多年来，我一直是自己时间的主人，我的生活并没有被分裂为两块。我并不是说，我工作不为谋生。但是，大学教授的职责，对许多人来说是负担，对我来说却不是；相反，我与学生们一起度过的时光流逝在交谈中，与同事的沟通毕竟有着和写作相同的目标。

我意识到自己的特权，因为"存在决定意识"（其条件是，一个人在这里不会将事情过度简化）这句箴言中有着诸多智慧；我承认自己的想法，即我的位置——一个比较高的位置，如果不在财富中，就在自由中——有能力缓解我的愤怒、嘲弄和讥讽，对于这些，我们的人世已经提供了很多甚至太多理由。拥有特权的人总是知道如何安排事情，以便在讨论重要观念时，他们不用承认最简单的事情——他们的时日并不花费在所谓的艺术和科学的培育上。

热烈宣扬人类平等的诗人和哲学家真的相信，为他们端送咖啡的女仆、面包师、公共汽车司机和环卫工人是平等的吗？诗歌和哲学变得越复杂，它们就越纠缠在由语言本身创造的丛林中，结果，不仅是文盲或半文盲，甚至是那些受过正当教育的人，倘若没有受过必要的训练，都无法理解诗歌和哲学。无辜的人，精神上贫乏的人,被指定去耕作土地,开火车和乘公共汽车,烘烤面包,作为推销员而工作,他们不受强权或国家的不法行为的影响而有权获得公平的工资和安全,这一权利才意味着他们的平等。同样,受过教育的人,如果他们选择了良好的生活,而不追求更高的、精神的抱负,那么会被赋予应得的地位。旧的贵族秩序被一种新的划分所替代——牧师的等级,商人和战士的等级,主管者的等级。对于人类平等之真相的真实而深刻的经验是一件罕见和艰难的事情。也许它开始认识到,诗歌和哲学,即使采用深奥的方法,并不是以纯粹智力为名进行的纯粹智力运作,而是与每个人都参与的死亡之舞有关,因此,它们,至少在潜能上,是为了每个人而存在的。只有这样,卡尔·马克思所取得的突破才能受到赞赏。对于马克思而言,存在着一种单一的人类实体,它被历史的紧迫性划分为了临时(短暂却持久)的形象——企业家、工人、知识分子、农民。今天社会主义已潜移默化地渗透到了世界各地,只有借用其发轫形态,我们才能找到一种新的、更充分发展的平等观念。

波兰社会主义者扬·瓦斯瓦夫·马察耶斯基①,是第一个对未来的、后革命社会中的平等命运表示疑虑的人。他的论文,用俄语写成,以《思想工人》(*Mental Worker*)为名结集成书,于一九〇五年在日内瓦以假名 A. 沃尔斯基(A. Wolski)出版。在评

---

① 扬·瓦斯瓦夫·马察耶斯基(Jan Wacław Machajski, 1866-1926),波兰思想家。用俄语写作,猛烈抨击俄罗斯知识分子。

价整个压迫和剥削的历史时，比起职业革命家同志们，马察耶斯基的刻薄一点也不少，他不同于他们，他否认那一段历史——一个残酷和严厉的情妇——可以自行改变自己的道路，并且他大声疾呼，反对“不可动摇的发展规律”，人们认为这个规律导向一个完美的社会。他怀疑革命运动会成为渴望权力的新等级所诉诸的诡计，即便这个等级那么富有诚意。这种思想工人的新等级不满于对资本家的依赖。他们的目标是通过利用群众没收资本，然后掌握经济管理的控制权，使工人为了整个社会的利益而劳动，而整个社会是与统治阶级一致的。马察耶斯基建议工人不要信任白领知识分子领袖，并从下而上创造自发组织——一种更激进的革命，在此种革命中，工人让自己掌握了经济。

马察耶斯基的预测，大体而言，被证明是正确的。然而，马克思主义者治理下的社会的等级结构迄今尚未得到分析，从而可以回答这个问题“为什么会以这种方式发生？”——即，有多少东西需要归因于对教条充满误解的或充满无意识欺骗的设想，有多少东西要归因于在生产资料的所有权转移到国家手中时起作用的命运力量？工人的利益与那些直接垄断政治和经济权力的行政人员的利益是相互交织的。因此，就像东欧国家的许多反叛者所渴望的，有必要从官僚手中夺取权力，并转交给工人委员会。这意味着普通公民的政治化达到前所未有的程度，甚至超过我们所知道的雅典民主。这里的障碍是相当大的，但障碍似乎并非源于工人缺乏能力作出艰难的决定，他们其实已是机智而清醒的思考者了。毫无疑问，障碍被建立在生产和治理的机制中，对治理权的掌控需要持续保持警惕，保证几乎每天参加会议。不幸的是，正如我们时代的经验所表明的那样，集体行政仅在少数情况下有效，因为人们的精力和兴趣只能够维持数周的革命狂欢，在此之后，专业人士、官僚分子，就接管了做出决议的繁重职责。如何控制他们，以便他们维护工人的利益，而不是维护那些处于管理机构顶端的人的利益，这仍然是一个谜。

然而，“历史的加速”是一个事实；一场巨大的泛滥刚刚开始，这是一场人类实体（substance）的洪水，如今此种实体被认为是一种单一的实体，这是一个在全球范围内发生的事件，它不会迅速地在新的渠道中排解。这些规模的变化必须缓慢发生；如果以一个人的生命的长度来衡量，我就不可能有希望看到在某种程度上被安排得井然有序的世界。我见证了人类愿望的前所未有的觉醒，这就够了。这些愿望形成一个整体，促进向上的运动。在工业化国家，在最低水平上，存在着一种从农村逃到城市的动力，然后从体力劳动逃到任何其他类型的劳动，只要它不需要肌肉的力量。由于这个过程并不总是以成功告终，普及教育可以造成巨大的痛苦和仇恨（“我懂得的和他一样多，所以为什么是他而不是我？”），但是，即使在更高的水平上，也绝不缺乏痛苦和仇恨，由于出卖一个人的时间不再被认为是人的必要条件，因此产生了对于“创造性”职业不断增长的渴望，这些职业将工作和嬉戏，与不可逃避的“为什么是他而不是我”这个疑问联合在一起。与此同时，大多数生活在欠发达国家和贫穷国家的人（事实是，贫穷国家越来越贫穷，富裕国家越来越富裕）也有着其他烦恼。在那里，死于饥饿是一个日常现实，而且养家糊口，无论从事什么工作，只要它让人避免饿死，就不是一个常常能实现的梦想。因此,在那部分微不足道的地球居民的愿望之中有着一些粗鄙的东西。

这不是我的错,我如今关于人类平等所想到的一切都呈现出非常美国的形式。弥足珍贵的贵族模式仍然静静地保留在欧洲。我足够清醒地将更多的美德授予美国的高中而不是法国的“公立高中”,虽然前者多数很糟糕,后者多数很出色。美国高中的入学向每一个人开放,不仅仅面向被择定的少数人。机会是不平等的,因为,例如,一个来自贫民窟的黑人必须吸收异国的观念和习俗,对于印第安人而言,他们正试图让他挤入的文明既令人厌恶,又真的令人难以理解。然而,选择的过程不实行于儿童时期,而在青少年后期,它不太严格,因为这个原因,出身于最贫困家庭的人获得了辉煌的职业生涯,这仍然是一种现实。近乎普遍的中等教育,无论其质量如何,都指明了未来的轮廓;即,它引起一种反思,当工作日进一步缩短,最后,大量的人,无论自愿还是被迫,都被排除在生产过程之外,将会发生什么事情。中小学,大学,研究机构,已经成为公民消耗时间的主要地方,它们在“后工业社会”将具有更重要的意义。

有一个词,今天几乎从来没有人使用,因为它有一个令人不快的声誉——无聊。任何无聊的人通常不会承认它,而是会急切地保证,他只是被疏远了,是一个遭到遗弃的人,孤独,沮丧,等等。但无聊也被称为“厌世”[①],是有关虚幻的知识,即一切的

① 原文为拉丁语:taedium vitae。这是古罗马斯多葛派哲学家塞涅卡提出的概念。

无意义,“厌世”(Weltschmerz,mal du siècle)①是一个强大的力量,不应受到轻视。在本书的开头,我谈到了空间的不稳定性在我们的想象中所造成的困扰,并最终成为无聊的根源。由想象力塑造的无尽空间可以比作帐篷的布墙,它要么绷紧,要么松弛并在风中拍打。上帝,作为一个中心点,所有的空间都可以与之相关,让布墙绷紧。在更小的规模上,将我们的思想从今天转移到明天的梦想发挥了类似的作用。然后,我们周围的松弛空间以欲望的形式被投射到未来,由此变得紧绷——例如,终有一天我会来到现在想要游览的城市,终有一天我会开上现在想要拥有的汽车,终有一天我会生活在一个更美好的社会。如果,无论是上帝,还是尘世的物品,或是集体企业,都没有提供具有方向的张力,空间就是惰性的,失去方向的,很快就会变得苍白无色。由于这个原因,同样,爱是无聊和异化文学中唯一的救赎;围绕着一个人的所有空间形式代替了上帝的处所。

所谓渴求知识,一旦是为了防止无聊,似乎就不那么值得称道了。新的不平等开始大光天下,并非源于这样一个事实,即,一些人有非凡能力,其他人则呆滞无能,有些人天性勤奋,有些人好吃懒做,因为,每个人都可以在学校中被传授阅读、书写、描画的能力,不是以这种方式,就是以另一种方式。这种新的不平等基于这样一个事实,即只有极少数人能够在生活中避免无聊。独自一人组织完全空闲的时间需要一种特殊的创造性的激情,用以指导目标的设定和强迫性的自我约束,以便日复一日地

---

① 分别为“厌世”的德语和法语形式,字面意思分别为人间悲苦、世纪病。

接近这些目标。

也许,正在为人类创造一个新时代的,不是原子武器和星际旅行,而是迷幻药物,作为大众的、民主的手段的征兆,用以反对无聊。不应该对已经开始使用迷幻药物(借用了墨西哥印第安人和黑人的发现)的那代人心怀蔑视地大肆辱骂,例如,他们比二十多岁大呼小叫的美国纨绔子弟要强得多,虽然他们哗众取宠的姿态的确诱导我们借用那句俄罗斯谚语:“让他们养尊处优,就是让他们变得疯狂。”在这里,我们可能正在讨论第一个在技术产品中被抚养长大的人类群体,他们把技术产品视作正常的、日常的、纯粹实用的东西,这个群体很少引人注目,因为他们多如牛毛。此外,作为曾经酷爱《疯狂》(*Mad*)杂志的读者——整一代人在中学生涯中阅读着这本杂志,我认为,每天获取一点点技术文明用以嘲笑自己的残酷的超现实主义幽默,并非可有可无之事。(在欧洲,这种幽默直到最近还仅仅是波希米亚艺术家的私人密码。)最后,我必须补充,这里讨论的一代人是电视一代,他们所承担的电视带来的全部后果,是值得注意的,即便人们忽视麦克卢汉[①]太不可靠、总体而言错误百出的观念。这也是波普艺术的一代,对电视广告缺少双重的、矛盾的态度就很难理解这种艺术。

我试图尽可能简单地解释,我想象的迷幻旅行的意义何在。

---

① 麦克卢汉(Marshall McLuhan, 1911-1980),加拿大媒介理论家。主要著作有《机器新娘》(1951)和《理解媒介》(1964)等。认为媒介就是人的身体、精神的延伸。

在我看来，这是在尝试为实际空间赋予价值，致使意念空间的创造变得毫无必要。这听起来艰深玄奥，但我不想吓唬任何人。有关实际空间，我想说的是，在既定的时刻，它环绕着我，我凭着五种感官领会这个空间。有关意念空间，我想说的是，它栖居于我的想象之中，召唤我去求索。这可以是上帝（总是考虑到我们的心智的特定本质，而我们的心智在空间关系的网络中被捕获），或者是亚哈船长的白鲸，或者是一个集体的历史目标（柏拉图"理想国"，更公正的社会，民族解放，等等）。很有可能，只有当我们朝着目的地穿过实际空间时，它才具有全部的价值（然后物质绷紧）。然而，化学手段可以改变我们的五种感官所接收的东西，即我们周围的空间变得盈满、无限丰富、自给自足，仅仅栖居于其核心就等同于栖居于神性之中，进入艺术家长期以来梦寐以求的联觉；即，影像变成了声音，声音变成了影像。音乐在空间中建立了整个大厦，最有趣的事情发生在桌上的烟灰缸和玻璃杯之间，颜色真正地"鸣响了"。对于一个真正具有宗教感的人（这假设了一种获得神秘经验的能力，不应该与属于任何特定宗教团体的人相混淆），这其实或多或少是最普通的现实，在任何由神的存在支撑着、照亮着的时刻。"知觉的大门敞开"（The Open Doors of Perception）①提供了代替物的神秘

① 这里暗指赫胥黎关于致幻剂迷幻经历的散文集《知觉之门》。书名来自英国诗人威廉·布莱克（William Blake，1757–1827）一七九三年的诗作《天堂与地狱的婚姻》（*The Marriage of Heaven and Hell*）："如果感知之门被打扫干净，万物就会向人类显现：无限。因为人类已将自己封闭了起来，直到他从洞中狭窄的缝隙中看到一切事物。"

状态,纵然超验的上帝被与世界一致的内在的上帝取代了。本质上,化学在这里起到了反对犹太-基督教传统的作用,从而赞同东方的传统。

这种神奇的药物产生了一种晦暗不明的影响。它剥去了禁令、规则和美德的面具;由社会所调节的一切如今似乎成了支离破碎的东西,普通人、“你死我活的竞争”的奴隶们试图用来掩盖令人不安的、静默无言的存在的核心。反叛者们利用了这种药物,尽管它本身没有目标导向,而是处于无政府状态,缺少目标。与此同时,迷幻的仪式突出了未来某种更加不祥的特点。只过了三十年,阿道司·赫胥黎《美丽新世界》(1932)就已不再是一本关于未来的书。矛盾的是,在其临终时,赫胥黎还在提倡寻找佩奥特仙人掌在化学上的对等物,因为它们可以给老年人带来有益的药效,减轻对死亡的恐惧。略早于赫胥黎的小说,斯坦尼斯瓦夫·伊格纳齐·维特凯维奇的《贪得无厌》(*Insatiability*, 1930)就描述了服用默提冰(Murti Bing)药丸[①]后引发的状态,几乎与服用麦角酸二乙基酰胺的效果是一样的。在《贪得无厌》中,默提冰药丸让人们对社会关系和历史灾难漠不关心,这反过来又促进了中国对欧洲的征服。当然,令人怀疑的是,具有化学神秘性的福音传教士目前由中国人谨慎地资助,中国人应该渴望在美国削弱美德。然而,对每一派系和意识形态的政客们而言,这里出现了不同寻常的机会。

完全的人类平等将会实现,但这可能是臣服者的平等。人

① 米沃什在其著作《被禁锢的头脑》中对这种虚构的药丸有过详尽的阐述。

们必将拥有幸福,然而条件是他们不干涉政府的事务。完美的化学手段将可以让每个人每天生活在神圣的空间中。但可以增加掌握知识和执行逻辑操作的能力的其他药物,只有用心拣选的少数人,管理阶层的成员,才可以获得。目前,这份整洁的资产负债表受到大多数人的不公正、贫穷、饥饿和未得到满足的愿望的损害。我最近在报纸上看到一张特别有趣的照片。一个美国年轻人在尼泊尔,披着长发,穿着东方服饰,被十几个当地男孩包围,这十几个男孩头部紧挨在一起,穿着欧洲服装,正在取笑他。即使他非常希望,他也无法向他们解释,他们所渴望的摩托车和汽车是一个幻觉,一种虚幻的面纱。

随笔，作者在其中坦承，他站在人这边，因为缺乏更美好的事物

经常有人问我，为什么我，一个诗人，有着明确的天职，却要从事虚空之事；即，写作那些只能以即兴方式去把握的东西，并抗拒着精确性。我为此而自责，又从以下事实中获得慰藉：迄今为止，我并没有写过致敬当代政客的颂词——尽管，不止一次，我也许在一无是处的事情上浪费过光阴。然而，我此刻正在做的事情并不是毫无用处，至少对我来说是如此。我正在检测，什么东西隐藏在我所涉及的社会题材的旨趣背后。

世界，存在，可以视为一场悲剧，然而不幸的是，我们不再专擅于表达这一观念。悲剧是庄重的、神圣的，然而如今我们时刻困扰于荒谬的幽默、怪异的罪行、恐怖的德行。我们所有人参与的沉闷滑稽的行为（因为这些滑稽行为即大写的历史），无论是否自愿参与，似乎命令我们将灰尘撒在我们的头上①，像约伯一样哭泣——然而，我们的约伯为自己的命运同时也为别人的命

① “他玛把灰尘撒在头上，撕裂所穿的彩衣，以手抱头，一面行走一面哭喊。”（《旧约·撒母耳记下》13∶19）“把灰尘撒在头上”，表示悲哀。

运捧腹大笑。每台拧开的电视，每张手中的报纸，都唤起怜悯与恐怖，然而是一种荒谬可笑的怜悯，一种荒谬可笑的恐怖。我也不是例外：例如，我听说某一国家的警察伪装成医生与医护人员逮捕了一大批人，还给警车涂上红十字，让它们看上去像是救护车，尽管我同情恐怖行为的牺牲者，却忍不住让讥讽的抽搐扭曲我的面容。那些被逮捕的人遭到毒打而失去意识，然后被“医护人员”放在担架上抬走。正如我们无数次目睹过，现实的梦魇般的错乱矛盾已然超过讽刺作家们最狂放的幻想。我的世纪的整体风格就是试图与这种令人沮丧且荒谬的恶劣行为保持步调一致，我们可以在素描、油画、戏剧、诗歌、荒诞派风格中，在我们对自身和人类境况的猛烈而尖刻的揶揄中感受到。

这一风格混杂着一切事物：人在宇宙中的孤寂，其被剥夺与上帝有关空间的继承权的想象力；整个星球表面产生着的事物的影像，它们持续不断地轰炸着我们；新摩尼教式的对物质的憎恨；因为不再有接受反抗的人，所以，以人类苦难之名进行的普罗米修斯式的反抗是一种徒劳。这种异质混成产生了一种充满矛盾的风格，几乎每部作品既可以被阐释为形而上的绝望，又可以被阐释为指向人对人的残忍、指向邪恶社会的诅咒。

我不喜欢荒诞派风格，不希望通过运用这种风格而对其表达敬意，即便我确信它源于抗议。极致的黑色幽默简直就是承认了全然的无能；嘲弄长期以来就是遭受凌辱者、被压迫者、奴隶们的唯一报复手段。虽然如今的感受力已变得迟钝，没有恐怖剧的花招的刺激，以至于我们的声音就几乎没有人可以听见，但是整体而言，对时尚的蔑视，禁止我让步。我对秩序的需求可能十分巨大，或者，也许我的趣味很古典，或者，也许我有着属于一个受过天主教教育的知书达礼、天真无邪的男孩的趣味。然而，我认为，在我对秩序的需求中，我不愿令人憎恶地扮鬼脸回应荒诞派，我一点也不出格，除了我内心渴求所产生的羞愧比别人少。

我不喜欢荒诞派风格，但我也不喜欢自然秩序，这意味着顺从于盲目的必然性，顺从于重力，不喜欢对立于意义因而违背我的心灵的一切。作为肉身凡胎，我就是那秩序的一部分，然而这并未经过我的同意。心怀绝对的冷静，我坚持认为，尽管如今我们的想象力无法论述被分成天堂、尘世和地狱三个领域的存在，不过这样一种分界是必然的。人充满内在的矛盾，因为他居于三界之间。于我而言，某些天主教徒——希望通过收买获得不信者的青睐——他们关于世界之善的言谈，不啻一篇童话。相反，当西蒙娜·薇依[①]说魔鬼并非无端享有“此世之君主”的称号时，我确实表示赞同。当然，凭借精确的必然性掌控物质的因果关系并没有赋予我们权利去辱骂上帝，或者辱骂任何叫作存在之特殊基础的未知物。假如我们可以暂时撇弃我们的人性，将我们人类的价值观念抛诸脑后，我们必须承认，世界既不善，也不恶，承认这些范畴并不适用于蝴蝶或螃蟹的生活。然而，当我们处理自身的欲求，置身于一切生物之中的我们特有的欲求，

① 西蒙娜·薇依（Simone Weil，1909–1943），法国思想家。她的很多文章生前没有发表。死后，她的作品很多被结集出版，如《重负与神恩》《在期待之中》《关于爱上帝的杂谈》等，薇依全集已经由伽利玛出版社于一九九七年全部勘校出版。她受到 T. S. 艾略特、米沃什等人的推崇。

这就是另一回事了。于是,冷漠的决定论具有魔鬼般的特征,我们有权假设,上帝将宇宙租给了魔鬼,在《约伯记》中,魔鬼是耶和华的一个儿子。“我们与世界、众生和恶魔进行的战争”并非西班牙神秘主义者的发明物,而是发生于我们内心,同样也发生于我们之间以及萦绕我们的冷漠的必然性。我是双重的:鉴于我是蝴蝶和螃蟹的近亲,我是邪恶的“尘世精灵”的仆人。倘若没有人类,也就没有魔鬼,因为任何人都无法驳斥自然秩序。自然秩序一旦被驳斥,其统治者,撒旦,“尘世精灵”,自然的创造者,就要与人类灵魂中的神圣之物进行斗争。唯有与上帝立约,才可以让人类自身从束缚造物的永恒规律之网中挣脱出来,更准确地说,试图挣脱出来。

因此,我对生活的评价特别悲观,因为它主要由痛苦与对死亡的恐惧所构成,在我看来,一个人假如没有身体的痛苦而成功地活过一天,应该可以认为自己非常幸福了。“此世之君主”也是“谎言君主”和“黑暗君主”。讲述黑暗与光、恶神与善神之间斗争的古老的伊朗神话十分合我胃口。那么,何为光?人类身上反对自然之物的神圣之物——换言之,一种智慧,它对“无意义”持有异议,找寻意义,它嫁接于黑暗之上,犹如一束高贵的嫩枝嫁接于一棵野树之上,只有内在于人、通过人才能长得更为高大,更为健壮。

意识,智慧,光,神恩,对善的爱——这些微妙的区分并非我所关心的;对于我,拥有某种能力,让我们变得与众不同,让我们成为闯入这个世界的人,成为无法和螃蟹、飞鸟、家畜沟通的孤独的生物,这就足够了。根据一个在基督教最初流行的数世纪司空见惯、后来被遗忘的古老传说，撒旦之所以反叛，是因为上帝命令他这个长子向人类致敬，这人类是按照与上帝相似的形象创造出来的。从那时起，撒旦的所有行为都指向一个单一的目标——与其被拔升得有失公允的弟弟[①]相互竞争。或者，提供一个有些差异的解读，敌意在我们与自然之间建立了起来。

我们无法赤裸裸地活着。我们必须持续不断地用一只思维结构即我们变化中的哲学、诗歌、艺术风格的茧包裹自己。我们将意义赋予到反对意义的事物之中；那种无休止的劳作，那种编织是我们拥有最纯粹的人性的活动。因为我们先祖所编织的线并未消失，它们留存了下来；生物之中，唯有我们拥有历史，我们在一个交织着现在与过去的庞大迷宫中行动。那个迷宫护卫我们，慰藉我们，因为它反自然。死亡是一种羞辱，因为它与词语、乐音、线条与色彩的构型剥离开来，与我们反自然的自由的一切表现剥离开来，并将我们置于必然性的辖制之下，把我们贬抑到惯性的王国中去，在这里，只有无意义的出生和无意义的腐朽。

是的，然而如今折磨我们的荒诞之物，首要的是人类的作品。文明并不能满足我们去渴求秩序、清晰透明的结构、正义，最终，我们本能地理解为适宜事物的东西。残酷的生存斗争在文明中并未被遏止。晦暗，机械，屈从于最原始的决定因素，让我们如此屈从以至于可以击倒并碾压我们，文明并未临近反而疏离了长期以来适合于人类的共和国的诸种模式，两千多年来，哲学家们将这个共和国的诸种模式视为理所当然。那种情况之

① 指人类。

所以发生，是因为文明在事实上加剧了存在于我们每个人身上的双重性。魔鬼英明地利用了技术以便进入我们的堡垒内部，并操纵我们的机制；即，非人性的事物的决定论和惯性毁掉了人类身上的神圣之物。

对我的许多同代人而言，魔鬼是富于创造性、可以冷静地逻辑思考的头脑，同时也是逐步提升并贬抑我们的技术文明的创造者。出于这个原因，许多人赞同以自然的、个体的人的本能与直觉反对人为事物和集体事物。的确，在大众的想象中，自恃借助书籍而可以无所不知的人，他们将一切减缩为因果机制——枯燥乏味，全无信仰，对善恶漠不关心——往往是恶灵的同义词。这一形象由漫画、电影和电视维持着，里面的反派角色，一个穿着实验室白外套的罪犯，借助自己的实验室而变得无所不能。然而，对于我来说，对我们的不幸承担责任的，不应该是智力，而应该是未经启迪、理性匮乏的智力，它隔绝于我们的天赋——恩典或对价值的钟爱，无论叫什么名字——隔绝于智力无法割离的东西。我并非理性主义的友朋，无论是十八世纪的理性主义者，还是他们的继承者。但是，倘若今日非个人的、压抑的、非人道的知识的反对者敏锐地引用威廉·布莱克，我会赞同他们，只是因为，我在布莱克身上发现了有别于他们所发现的东西。让布莱克备感压抑的智力，支持固定的物质规律而摒弃冲动，支持惯性而摈弃上升运动。牛顿发现的物理现象让布莱克感到恐惧，因为他将它们视为一份服从的宣言，让我们服从于事物本身；既然事物就是它们本来的样子，在物质上就没有什么选择余地。

在现代,伟大的形而上学活动已成为一种赋予历史意义的努力。即,我们,作为外来者、闯入者,面对着这一个不知善也不知恶的世界;我们的神性很孱弱,被囚禁于肉身,服从于时间和死亡;那么,让我们的迷宫义无反顾地增大,让我们的律法,产生于以应然事物之名向世界发出的挑战的律法,得以建立。我们的存在,犹如螃蟹和蝴蝶的存在,并不适于对自己的目的深思熟虑,我们所有的"目标"(what fors)和"原由"(whys)会消失;意义只能由对抗意义的事物所构成,假若从一代人到下一代人,对正义与秩序的纯然人性需求逐步增多,这还允许我们设想人性得以完满实现的那一时刻。奇异古怪的移位与置换已经发生于这一努力之中。上帝变成了恶毒、残酷的造物主,暴君宙斯,暴君耶和华,因为他是自然的上帝,他与我们作对,让我们感到不满;许多人凭借非凡的英雄、人类领袖,即反抗者普罗米修斯、路西法(他常常以基督的面目出现)反抗那个神,就像浪漫主义诗人所做的。后来,任何希望见到历史朝向一个目标运动的人,都被要求以无神论语言表达自己。尽管,这个变化并没有解除任何传统暴力的运作,每当根本的事情变得迫在眉睫,就会发生此种传统暴力。

这么多东西必须被说出来,以免我被怀疑拥有激进主义者的本能,这些本能,事实上,在我身上极其微弱。社会事物和政治事物被强加于我们身上,既然我们不能在它们之外抵御时间与溃灭。数代人所编织的迷宫如此恢弘壮丽,如此妙趣横生,仅仅漫步穿越就可以带来莫大的乐趣,我不会指责心无旁骛于书籍或博物馆的人。并且还有艺术创造不断地将新的生命注入人类的自由。然而,假若更为细致地审度,人们就会看到,整个人文空间倘若不接受一种从停滞不前的形式到新形式的突破的激励，就会萎缩并消亡；虽然，新事物凭借规律——我在这里不想提及——总是与社会事物和政治事物相伴而生，尽管其方式有时极其迂回。

我们的时代被恰当地称为新宗教战争的时代。倘若革命并非根植于形而上学，也就是说，并非尝试通过行动为历史赋予意义，那就没有什么意义了。将人从对市场的服从中解放出来，只不过是将人从自然的力量中解放出来，因为在人类社会中，市场是一种生存斗争和自然的残酷性的延伸；两个阵营，市场的追随者和革命者，其口号于是呈现出一种与初看之时截然相反的面目。革命的敌人热衷于作为宗教的捍卫者出现，这是一种受到无神论者威胁的宗教，而这些无神论者对他们深恶痛绝，将他们视为一个低级的神、宙斯、耶和华的牧师，要不然就认定他们是魔鬼，践踏着人类身上的神性冲动。这就是与“自然”相对立的马克思主义的“历史”的含义。因此，马克思主义与现代人的新摩尼教的凶猛相一致。如若不是如此，它就不会演示其所拥有的，对于最活跃的头脑而言几近魔法般的吸引力，就不会成为哲学家的主要关切之事。

唯有形而上学的核心在看上去仅仅是社会和政治的事物中被辨认出来，那么，降临于我们身上的灾难的规模才能被估测出来。充满希望的思想付诸行动，又返回思想，却丧失了希望。作为既胜利又失败的革命的结果，对历史意义的信仰的崩溃，无可否认，只对欧洲和北美的忧虑产生了影响，然而我们必须有勇气承认，我们既不能也并不十分渴念于分享亚洲人、非洲人和拉丁美洲人的希望,因为我们心照不宣地假定,也许是十分错误地假定,那只是一种模式的重复,我们对此模式已了如指掌。

人们很容易错失革命意图的本质,因为它往往为感伤的、说教的口号所遮蔽。也很容易辩称:发生了的事情本来就是非发生不可的。革命,想要抵抗魔鬼,然而又让他从信条的漏洞中进来。即是说,因为出于科学的志业,革命,赞颂必然性,认为必然性可能是人类自由的产婆。如此,恐怖获得了"世界精神"①的准许,这"世界精神"拥有邪恶造物主的全部陷阱。对于任何更美好的明天,这都不是什么友好的祈愿。于是,在那些国家中,"谎言君主"进行着表演,让他以前的成就相较而言显得苍白不堪。然而,不应该忘记,在回顾中,我们总是倾向于将事件归因于更具有发展性的逻辑,超过它们实际所拥有的。

如今,我们陷入了什么样的陷阱?我的童年以两组事件为特征,我认为它们的意义超出了社会和政治。一组是俄国革命,以及它带来的各种后果。另一组是美国化(Americanization)的预兆,巴斯特·基顿②和玛丽·璧克馥③的影片,福特汽车。毫

① 原文为德语:Weltgeist。是黑格尔哲学的核心概念。

② 巴斯特·基顿(Buster Keaton, 1895–1966),美国默片时代演员及导演,出身于杂耍演员家庭,从小受到杂耍和滑稽表演的影响,以"冷面笑星"著称,其喜剧的黄金时代,声望可与卓别林相媲美。主要电影作品有《福尔摩斯二世》《将军号》《七次机会》《巴特勒战争》《小比尔号汽船》等。一九六〇年,获第三十二届奥斯卡金像奖终身成就奖。

③ 玛丽·璧克馥(Mary Pickford, 1893–1979),原名叫格拉蒂斯·史密斯,生于加拿大多伦多,十六岁进入美国电影界,逐渐在D. W. 格里菲斯等人的影片中成为美国默片时代最受欢迎的女演员之一。一九二九年以《风骚女人》(又名《俏姑娘》)一片获奥斯卡最佳女主角奖。代表作还有《蝴蝶夫人》《驯悍记》《冷落的别墅》《灰姑娘》《可怜的小富女子》等。

无疑问,如今美国化已经彻底取得胜利:美国化意即多重力量的产物,这些力量不仅低贱于人,不仅超越他、淹没他,而且更重要的,让人感知到既低贱于又超越于人自身的意志。谁知道,也许这是人类觊觎禁忌之物而受到的惩罚。上帝放弃的空间越多,我们用自己的双手在此时此地建筑"上帝之国"的梦想就越强烈,然而,这个梦想让人类置身于一种赚取和花费的生活。不错,为什么应该有另一种生活方式呢?唯一的问题是,我们的双重天性是否能够经受一种静止的现实,倘若我们被禁止去超越那个现实、超越我们的天性,我们是否会发疯,或者,用精神病学者的语言来说,被过量的"问题"压垮。极有可能的是,我们唯有希望不时地获得成功,设法跳出自己的皮囊,才能变得健康。

我说过的话中出现了一些重要的东西,至少于我而言重要。在有关象征着希腊思想的循环的宗教史中,我所读到的东西似乎包含着不少真理。这个循环没有开端也没有终点,在其圆周线上,"曾在"(was)流入"现在"(is),又回到"曾在"。犹太思想则截然相反,它可以恰当地用箭的符号描述出来。那支箭所要射击的是:与上帝之间的圣约,特选之民世世代代的旅程,弥赛亚的承诺。这一点被基督教继承,也成为世俗弥赛亚梦想的源泉。甚至十九世纪下半叶资产阶级无聊透顶的进步概念曾带来过期待,虽然如今这期待对我们来说显得有点滑稽可笑,就像我们会在博莱斯瓦夫·普鲁斯[①]的小说《玩偶》(*The Doll*)中看到

---

① 博莱斯瓦夫·普鲁斯(Bolesław Prus, 1847-1912),波兰作家,著有《前哨》《玩偶》《新的女人》和《法老》等。

的,在小说中,发明一种比空气还轻的金属,可以确保普遍的和平与普遍的幸福。对我而言,这都是些个人的事情。我所接受的教育将我永远设置在箭的符号之下,这是一种并不局限于学校的教育。但是,在我生活的美国,在文明的这个阶段,每个人必须想方设法对付他的处境——一只困于琥珀的苍蝇的境遇。那围困他的东西,让他失去保持方向的能力,开始原地转圈。星际旅行并不能保证我们可以进入另一个人性的维度,也许,唯有关于飞碟的传说可以为我们对于某种截然不同的事物的渴盼提供出路,通过与来自某个遥远星球的小绿人进行接触。头脑,要么无理取闹,在毁灭、灾难、启示的幻景中幸灾乐祸(在这一方面,美国的知识分子让人联想起他们在二三十年代的欧洲同行),要么用处于不和谐中的永恒复归的宇宙和谐来安慰着自己。也许,圆圈不能准确地表征古希腊的时空思想,但是,古希腊与印度之间的某种亲缘关系,以及时下对东方智慧的兴趣,可能是对我们的上升运动观念强加约束带来的结果。

无论如何,由于全面的发展,其驱动力是自动的、无计划的运动,美国一直经受着历史想象力的贫弱——昨天和明天相似于今天,只是略有好坏,也许这就是为什么,在美国影片中,古罗马人和来自公元三〇〇〇年的宇航员,其容貌举止与肯塔基州的年轻人相差不多。想象力有着一个自然主义的方向——人,永远千篇一律,永远处于一模一样的动力和需求的力量之中,他面对着亘古不变的自然。商业广告轻而易举地陷入这一模式,并有助于加强这一模式。广告诉诸"永远具有人性"的事物的生理方面:性;食物的摄入(让你垂涎欲滴的美味佳肴);排泄

（调理肠胃的药丸，触感宜人的厕纸）；难闻的气味（漱口水，除臭剂）。

我冷眼相对那些时下流行的文学、艺术和广告所提供给我的哲学命题。我感到，在街上擦身而过的每个男女都封闭在皮肤的边界内，但是，事实上他们是敏感细腻的接收器，其精神和肉体以特殊的方式震颤着，因为被设定在一个特殊的频率上。他们中的每个人在自身内部都承荷着大量的灵魂，我断言，还承荷着大量的身体，但是，仅有一个灵魂和一个身体任由他们支配，剩余的灵魂与身体没有被解放出来。通过改变文明，时间会持续不断地解放人自身内部的新的灵魂和身体，因此，时间不是一条吞噬自己尾巴的蛇，尽管普通男女并不了然这一点。有一次，在很久以前，在波兰的一个村子里，我走在路上，看见一群鸭子在一个脏污的水洼里戏水，就陷入了沉思。我惊讶不已，因为附近有一条在桤木林中川流而过的清澈小溪。“为什么它们不去小溪里呢？”我向一位苍老的农人问道，他坐在小木屋前的长椅上。他回答：“唔，那也得它们知道啊！”

乌托邦的再生：赫伯特·马尔库塞[①]

自然的量化，导致了它基于数学结构的解释，将现实与一切固有的目的分开，结果就是，将真与善分开，将科学与伦理分开……然后，将逻各斯(Logos)[②]和“爱欲”(Eros)之间不稳定的本体论关系打破，科学理性显现为根本上的中立。

赫伯特·马尔库塞，《单向度的人》

---

① 赫伯特·马尔库塞(Herbert Marcuse, 1898–1979)，德裔美籍哲学家和社会理论家，法兰克福学派的一员，先后在哥伦比亚、哈佛、勃兰第斯和加州大学圣地亚哥分校等大学工作。二十世纪六十年代末，在西欧、北美爆发了轰动一时的“左翼学生造反行动”时，他积极支持青年学生的造反运动，被誉为“青年造反者的明星和精神之父”。《理性与革命》是其最负盛名的著作，旨在揭示当代发达工业社会型的极权主义特征，被称为青年造反运动的教科书。另著有《爱欲与文明》《单向度的人》《论解放》《审美之维》等。1965–1970 年，马尔库塞任教于加州大学圣地亚哥分校，米沃什于 1960 年移民美国，开始在加州大学伯克利分校授课，直到 1978 年退休，故称马尔库塞为同事。

② 又译为“理性”，希腊语原意为“言说、叙述、理性、定义”等，因此也译作“道”(Word)，在古希腊哲学中意味着是宇宙万物的规律、绝对的准绳与人类一切的依归。

我在加利福尼亚大学短暂的同事赫伯特·马尔库塞的作品在大学生中享有极大的反响,因为即使动物,一旦生病,都会吃药用植物。马尔库塞给他们带来的信息是,人是理性的,只不过其已经吞噬了人类自身的集体创造物是非理性的。它是非理性的,因为日常生活中固有的盲目残暴没有被我们神圣人类的愿望阻遏;相反,通过中立地与它联系在一起,我们已经与这种暴行和解。漠视善与恶的科学思维——割裂于爱欲的逻各斯——以人类集体创造出来的东西为基础。马尔库塞对爱欲的领悟是柏拉图式的。在但丁笔下,则是"爱,移太阳而动星辰"。[①] 马尔库塞与之搏斗的"理性"(Reason)是一个"买到了武器的匪徒",一个直接来自漫画书的身穿实验室白大褂的恶魔科学家。威廉·布莱克与惰性的邪恶封臣展开搏斗,而这惰性要为英国的非人的工业化负责,或者,正如艾伦·金斯堡所说,"摩洛的名字就是心智"。

由爱欲引导的理性确定了普遍的观念,根据其存在的特定事实,这些观念在"应是"(what should be)的名义下与"所是"(what is)相矛盾。人,仅仅是一个框架,一个关于自身的轮廓,努力在生活中为这些观念赋予形体;也就是说,让自己脱离所谓不可逆转的必然性的束缚。时间站在他这边。因为,"太阳之下,本无新事",这么说是不正确的。普遍的观念不断地被投射到未来,并导致人类身上神圣的和人性的东西的凯旋。时间

---

① 这是但丁《神曲》的最后一行诗。王维克译为:"是爱也,动太阳而移群星。"田德望译为:"这爱推动着太阳和其他的群星。"

不是循环的。

没有什么比美国更典型的了，它首先剥削那些无技能工人移民，然后剥削那些“人才移民”，而不是引进诸如马尔库塞这样的人。在这里发人深省的是，马尔库塞是一个有德国血统的马克思主义者，通过对混乱的某种澄清，特别是对理性的辩护（对他来说，理性不同于摩洛），为美国青年提供了一抹希望。为了与普罗米修斯信仰[①]的普遍危机相一致，他也必须是一个被剥夺特权的马克思主义者。在马尔库塞这里，没有预言革命不可避免，之所以不可避免，是因为在某种意义上，它已经预先存在于生产关系中。那些生产关系能够不发生根本性的革命而完美运作，而且普遍幸福就位于生产关系所能达到的力量范围内。说了这么多，大而化之就是，理性经受不住非理性的不断侵犯，集体的非理性是现有生产关系的产物。因此，革命几乎是一个假设；不存在对革命的保证，除非假设，即使遭受了无数失败，最后的胜利依然属于一个更为开明的理性。对于异议，即认为这样的假设站不住脚，马尔库塞毫不怀疑地回答说，我们不能止步于相对的半吊子真理，因为我们正在追寻绝对真理。这让我们转向关于宇宙结构最根本的问题，转向对于其秘不示人的知识原则的信仰或怀疑，在所有生物之中唯有人类可以创造知识原则。马尔库塞发现弥赛亚不能引领人类来到应许之地，因为，毕竟不能将希望寄托在保守的美国工人身上。他期待着在混乱中重新安排诸种力量，同时期待着难以预知的事件。

① 即信仰光明、进步和理性等。

我不知道欧洲人如何阅读马尔库塞。他的抽象概念在美国享有一种特殊的力量,他在年轻人中间大获成功,这并无神秘可言。要感受到现实被一幅面纱或大量面纱遮掩,这并非易事,人们试图将面纱撩到一边,以获得某种"坚实的"东西,然而面纱并不可见,飘移不定,难以把捉;它们逃避命名,因为它们是那么任性乖僻,变化莫测,无从被命名。戏谑和恐惧对它们起伏不定的荒诞形象影响甚微。在这样的条件下,已经离精神分裂症不远(其症状之一是,精神分裂症患者可能看到一棵树,然而它并非完全真实;他希望一棵真实的树出现于任何时刻,但它从未出现),马尔库塞站出来说道:这是因为你不自由。压迫你的暴政在任何宫殿或城堡中没有指挥中心,没有人在谋划,它不需要诉诸命令和禁令。但是,在你身上实施的控制是彻底的,因为你已经从你内里得以变形——你的心灵、情绪、欲望不属于你,它们由社会的仪式强加在你身上。如果你想变得自由,第一步必须认识到,你对日常生活、对人的任何反思,都不是独立的,因为你掌握的材料,你的知觉和观念的材料,不是如你所信的那样属于你自己。你不是与世界沟通,你是与你自己的文明沟通,这个文明将自己伪装起来,并将自己假冒为世界。所以就让意识发现你是如何、通过什么手段被操纵的吧。这可以做到。

集体所运用的控制工具是语言——口语、书面语和图像语言。语言所传达的信息可以相对容易地进行评价,然而在语言中消除某些表达导致的意义混乱,甚至语法中的概念颠倒,这都更加难以察觉。马尔库塞认为语言分析是主要任务,尽管他丝毫不怀疑这份事业中有些令人生畏的方面。他攻击语言,认为语言破坏了我们认为是“事实”片段的现实，因为此种语言完全支持一种奶牛眼中的世界观——我们不知道一头牛盯着一辆过往的汽车会想到什么，但我们感觉这是一种类似于纯粹表述的东西：它在那里，别无其他。根据马尔库塞的观点，在不知不觉形塑了每一个人的口头语言和同样受口头语言形塑的哲学家的局限之间存在一种密切的联系。令年轻读者感到欣喜的是，马尔库塞集中攻击实证主义哲学，这种哲学在美国大学声势浩大，特别受到大学生们的鄙视。因为这种哲学使得任何对连贯一致的世界观的渴望变得不可能，并且嘲弄这种渴望。用马尔库塞的话来说，“脱离客观现实的价值变成主观的东西”，主观的东西被认为不属于哲学。年轻人远离了这样的语言游戏，他们发现这些东西毫无价值——他们身上产生了一个突如其来的明智念头，什么样的哲学会研究一个毫无价值的、奶牛眼中的世界？但是，他们随即被谴责悬荡在他们自身主体性的空虚之中，悬荡在一个消耗一切的相对论之中，无论是迷幻剂，还是东方宗教，都不能将他们从这种相对论中解救出来。然而，根据马尔库塞的观点，实证主义哲学不是一个与空想圣人所做的幼稚练习。与科学共同一致蔑视爱欲——价值，被剥离和放逐——实证主义哲学努力完善技术统治的语言。

马尔库塞的著作帮助许多人重新获得了自尊。在人们栖居的有效运行的有机体面前感觉孤立无助，导致个人挫折的所有责任转移到了该有机体上，并导致意志瘫痪。陀思妥耶夫斯基在其《作家日记》中指出，俄罗斯知识分子也有类似倾向，他们不承认个人的罪责，而是让环境承担责任。陀思妥耶夫斯基把这看作是知识分子对基督教的抛弃。此外,不仅在俄罗斯,各种说服性的进步论者对道德家们大加挞伐:人是邪恶的,因为体制是邪恶的,改变了体制,你就改变了人。在时下流行的餐后关于异化的谈天中,人类丧失的本质几乎等同于高贵的野蛮人被社会击垮之前的天性善良,如果人的本质不趋附于外部条件,人可以重获它。这种趋势在美国更加强烈,因为它长期以来崇拜原始人类。波利尼西亚群岛土著、印第安人和黑人,在这里一直被视为对某种遭到禁止的自由的承诺,这种自由提供了某个缥缈不定、诱惑人心的世界,人们在其中可能回归自然和友善(通常带有对同性恋的暗示)。因此,年轻人中的流行口号"退出"(Drop out)具有双重意义——既是一次进入自然的飞翔(减少需要,不理发,不洗澡,裸体,群交),又是政治反叛。然而,尽管马尔库塞和其他有着马克思主义倾向的作家慰藉了人心,因为他们确认了人的天真无邪,他们的书籍却没有得出结论,阐明此时此地一些美好的人类本质的存在,人类的本质只需要像打开一束包裹在丑陋不堪的报纸中的鲜花一样就可以得到揭示。恰恰相反,对他们来说,人类就是他尚未实现的样子;他的本质是愿望和未实现。这对于原始幻想来说相当陌生,这种原始幻想非常欧洲,尽管欧洲倾向于交织两种乡愁,对过去的和对未来的乡愁(参见浪漫主义的作品)。也许,原始的天真无邪对于美国的年轻人来说是如此吸引人,因为它服务于商业文明的利益,拒绝原罪,所以他们更多的是那种文明的合法孩子,而不是他们可能认为的样子。

马尔库塞满足了某种我早年培养的习惯;他来自那个养育

我的传统。那个传统给我的信念是，人类境况的关键在于理性和爱欲的联姻。然而，我在马尔库塞的著作中发现了太多矛盾。既然我们否定“所是”(which is)是因为现实仍然等同于自然的状态(自然转向社会)，那么，我们就要渴望想象“应是”(which should be)。马尔库塞将会回答“不”，我们可以比表现为纯粹消极做得更多。因为存在之物有这么大的重量，以至于它在一个魅力十足的常识圈子里从各个方面包围了我们。清醒地思考一下，我们没有获得任何信息可以让我们相信，事情可以是别的样子，而不是现在的样子。可能的事情不是所渴望的，但所渴望的事情似乎是不可能的。如果我们反思技术、经济学和政治，我们就会陷入一系列相互依存的系统，并得出结论，认为去人性化是不可避免的。反对善和仁慈之理想国的论点将无可辩驳，因为我们的争论范围被限制在了“所是”(what is)。因此，不难发现马尔库塞身上的整个马克思主义的遗产。根据其观点，资本主义生产关系使得思想在其争取反抗中受到如此严重的污染，只能产生消极性。只有通过废除这些生产关系，才能解放生产思想。因为这个原因，那个主义几乎没有指明如何组织革命之后的国家，这一疏忽带来了不小的后果。但至少希望在弥赛亚身上，即工人阶级，一个纯粹否定的阶级。马尔库塞的那个主义丧失了其弥赛亚。因此，他的年轻读者们既不竭力改变现有的制度(因为这将永远不只是部分变化，因为部分变化影响不到非人性化的特定根基)，也不指望弥赛亚的到来，弥赛亚将会胜利，因为他必须胜利。

正如许多主义的追随者一样，在他应该成为的人的名义之下，对和他一样的凡人（man）的仇恨决定了马尔库塞著作的情感基调。在对他一次又一次取得的成就和他如今的实际局限之间的差距进行检测的时候，即使我们将人作为一种几乎无限的潜能来接受，这种仇恨依然让我们充满怀疑，因为它是不合理的，除非我们可以在理想的人类出现之处划一条界线。但是，如果这条线是由一场问题重重的革命划定的，这场革命提供一切事物的解决方案，那么马尔库塞的哲学前提就被推翻了。思想永远不会停止超越自身，总是追求渐行渐远的理念的天堂；身体从不逃避生理的必然性，它是爱神①的居所，而爱神是一切创造冲动之神。因此，凡人，如其此时此地的样子，享度着他的这段恰如其分的时日，毕竟他不会有其他的时日，这样的凡人至少应该取得我们的同情，即使他不会激发我们积极的兄弟情谊。如马尔库塞那样，一个人认为任何国家的公民都是堕落的生物，白痴，虽然是无辜的白痴，这就相当于谴责自己具有智力上的傲慢。在美国，这意味着将一切技术视为完整的和不证自明的实存（exist）之物，就意味着只反思其不祥的后果。然而，技术不是凭空产生的东西。它重述了所有的野蛮，所有的生存斗争的冷酷无情，同时包含大量的人类德性。如果技术只是浓缩的野蛮，是否依然至关重要？人们必须永远记住，技术是如何向蔑视它的人揭示自身——屠杀整个部落，给他们提供感染了天花的毛

---

① 爱神（Eros），这里指的是小爱神厄洛斯，在柏拉图之后的晚期希腊神话中被认为是爱神阿佛洛狄忒之子。在早期古希腊神话中，他诞生于卡俄斯，是一位参与世界创造的神，是爱欲的化身。

毯，既明目张胆又半遮半掩的奴役。但是，怎么办呢，如果这是其仁慈的礼物背后臭名昭著的底色？没有人有意识地要求毁坏机器，马尔库塞也没有这么做。至少不情愿地承认（资本主义）机器将人类群体提升到了赤裸裸的生存水平之上是一回事，而不认为任何特定的机器是理所当然的是另一回事。出于这个原因，被马尔库塞鄙视的普通美国人看重机器的使用，并感激于体制赐给他机器，因为他记得他的父亲或祖父曾经和牛羊一起住在一个单间小屋。毫无疑问，凡人是马尔库塞的天敌，因为凡人不想要任何变化，因为变化会带来威胁夺走他拥有的东西，他会支持那些政治家，他们玩弄对未知的恐惧。

欧洲人对这种冲突了然于心。在欧洲，纯粹、敏感、有思想的人反对必须被拯救的懒惰大众，即使这么做违背其意志。如果一个人不想成为他应是的样子，他必然会空悬于恐惧之中。这最终导致了专政理论的诞生，从而，在理论上是多数人对少数人的专政。美国工人为了面包，为了拥有工会的权利、罢工的权利而进行的血腥战斗没有这样的哲学性质。然而，现在，很难将这种观念移植到美国的土地上，因为不可能自欺欺人，认为年轻人和由肤色所隔离的无产阶级中的大多数会站在他们一边。

马尔库塞尽管有不可避免的矛盾，却意味着一次澄清，人们真的希望他被那些单纯经营仇恨的反叛者阅读。但是，他们中的大多数对理论毫无兴趣。或对历史也不感兴趣。他们真正需要的是少量理论上的方程式，他们就像蚂蚁一样通过触摸对方的触须而获得这种等价物。这些方程式可以简化为："我们生活在荒诞之中，这种荒诞需要被摧毁。"二十世纪上半叶对他们来说似乎太遥远;那时他们还是孩子,或尚未出生。他们不认为历史是生活的导师,此外,他们在学校对历史从来都一无所知。他们的导师是非理性的冲动(只要有人告诉他们这是糟糕的东西,他们就冷嘲热讽),他们的自我意志是盲目的(就算是盲目的,又有什么过错)。他们的目标不是一个新的体制(什么样的?),而是革命行动(政治行动绘画?)。他们说的"随它去吧"意味着"让它毁灭吧"。他们需要工作、金钱、面包吗?几乎不需要。他们的道德冲动是强大的,但道德之外的东西已经被越南战争催化。与俄罗斯虚无主义者一样,他们对一场普遍的火灾的渴望是自生自灭的链条中的最后一环。他们还记得俄罗斯虚无主义者将自己排除在人民大众之外,他们认为人民大众是愚昧无知的,因此是一种负担。

他们所渴望的毁灭对他们而言似乎并不是一个不切实际的目标,因为,技术越多,利维坦①的神经就越敏锐,而他们想要刺激利维坦最敏感的那些点。触怒它,以便它作出反击,并显示它自己的身体暴力与意图之间并无矛盾,因为他们认为民主是一种由无知的多数人支持的错觉。很有可能,在一无所知的情况下,他们是狡诈的历史精神手中的工具,历史精神对我们来说

① 《利维坦》(*Leviathan*)是托马斯·霍布斯(Thomas Hobbes, 1588-1679)于一六五一年出版的一本著作,全名为《利维坦,或教会国家和市民国家的实质、形式和权力》(*Leviathan or The Matter, Form and Power of a Common Wealth Ecclesiastical and Civil*)。"利维坦"原为《旧约》中记载的一种怪兽,在本书中,霍布斯将利维坦比喻成强权的国家,其中,主权是它的灵魂,官员是它的关节,奖惩是它的神经,财富是它的实利,安全是它的事业,顾问是它的记忆,公平法律是它的理智,和平是它的健康,动乱是它的疾病,而内战则是它的死亡。

仍然是一个谜。更有可能是，他们所攻击的集体身体分泌出了他们，就像分泌一种毒素，从而消融且同化他们，这个身体通过不断消化新出现的激进主义而保持自身的勃勃生机。

加利福尼亚地震频繁，虽然它们的烈度几乎感觉不到。地质学家正预测一场与一九〇六年摧毁旧金山的那场[①]一样重要的地震。它可能在一个月、一年或五十年内发生——对于地壳的位错而言，这些是微小的差异。人们要么看到在断层上建造楼房的轻率鲁莽，这是这块大陆上最深的断层，恰好绵延在海湾边那些城镇底下，要么认识到如此倔强且有教养的美德：如果我们的脆弱和短暂将我们暴露在我们无法控制的力量之中，为什么还要惴惴不安？同样，美国的民主制度保障其公民有权进行颠覆性宣传，从一开始，它就生活在永恒的危机状态中，迫使自己日复一日地剧烈转变。只有以南北战争为高昂代价，独立各州的集合体才作为一个国家获胜。这个逃亡者组成的共和国的持久性是非常现代的，它通过变得短暂而具有持久性（由于这个共和国的存在，就像在阿拉伯神话故事中一样，释放出一个精灵，并且必须将它对付过去，才能接着释放出新的精灵）；这种持久性对应于我们的新习性，这种新习性基于这样的知识，即，不仅那么多文明，而且全人类，终究都要朽灭。也许所谓的原始人是幸福的，因为危险来自外部，来自敌对的自然，他用巫

① 一九〇六年旧金山大地震，发生于四月十八日清晨五点十二分左右，震级为里氏7.8级，是美国历史上主要城市所遭受最严重的自然灾害之一。当时政府捏造死亡人数只有四百七十八人。如今保守估计死亡人数在三千人以上。

术之舞祈求整个自然。但他并不值得羡慕。例如，当我看见他的遗骸，在亚利桑那州的图齐古特(Tuzigoot)发现的尸骨，让我感到一阵怜悯。在那个时代，人类平均寿命不超过三十岁。考虑到人类的异化和对抗人类的魔鬼的无限威力，我难以理解我们的种群如何忍受到现在。这些种群所利用的恶魔可以延长我们的生命，但是这些恶魔也以技术或集体自杀的狂热为形式，乐于减轻我们所生存的地球的负担，这无疑是一场公平交易。

对我来说，人类的迷宫精彩绝伦，使人入迷。此外，我把它想成什么，这无关紧要；我与它是什么关系才至关重要。也许是因为，毕竟，我有一个父权家庭中的童年，我仍然迷信于我所建立的东西。我相信存在这样一种超越极限之上的东西，每一次此类行动都会招致复仇的裁决。不断增加的混乱既不可避免，又充满诱惑，但是，缺少偶尔的某场巨大的清洗、某次巨大的削减，就不可能应付此种混乱。我不知道这一切如何、由谁完成，但我相信，像一只蜘蛛对待一只苍蝇那样，当代流行风尚旨在让我陷入无助。我对此种风尚的厌恶，不仅源于我对过去的忠诚，而且确认了一种反对约束尽失的原则。虽然书籍、电影和绘画所提供给我的大部分信息让我感觉到一种喧嚣而空洞的骚乱，但我不像赫伯特·马尔库塞那样构想出一场巨大的清洗。与他不同，我不将愤怒等同于用来抗议不完美社会的纯洁性。当今风尚的标志是愤怒，它直接反对实存(Existence)。虽然我身上有着许多摩尼教因素，然而我发现这种愤怒粗鄙不堪，我猜测，上帝也不喜欢它。必然性要被克服，唯有时刻牢记它永远不会被彻底克服，而且“有限的经验世界”永远不会停止占据我们的思想，虽然它遭到了马尔库塞的否认、厌恶和嘲讽，他说道："墙角的扫帚和菠萝的味道具有不可等闲视之的意义。"没有理由对普通人的愚蠢感到幸灾乐祸，因为日常工作和消遣缩小了他们的视野，因为他们不是日日夜夜分分秒秒悲痛于一个由"毒气室和集中营，广岛和长崎，美国凯迪拉克和德国梅赛德斯奔驰，五角大楼和克里姆林宫，原子能城市，古巴，洗脑和屠杀"构成的世界。但是，如何对待疾病和全世界流行病，更不用说死亡的普遍性？人变成了政治化的天使之后，就会燃起针对"所是"(what is)的最神圣的怒火，人们可能假定，人就会拥有一个审判者或宗教裁判所的臣仆的一切潜质。

你顺从了——我听到异议——你接受了明晰态度的失去，你在明晰态度的失去中感到无拘无束的在家状态。是的，因为这有益于我的健康。属于当下——移动，流转，持续——的东西可以霎那之间在思想的有形容器中被捕捉到，但它立刻逃脱，留下空荡荡的碎片。我犯过许多错误，但要比我的熟人和朋友圈中的其他人少一些，因为可以说我已暗自改变，不过是确信了，对于他们的论点与风格，我要用自己的怀疑作出反对("并非如此")。我避开了定义("那么，它是什么样的?")，因为事物灵光一现，稍纵即逝，一切都不成熟，未完成，必须逐渐成熟，显露形式。人类的迷宫赢得了我的赞赏，因为它发展并表达了起初几乎感觉不到的东西。它也发展并表达了每一个必须顺其自然的蠢行。将我与三十年代(形塑了我的精神)分开的时空充满了罪行、众多希望的残骸和令人眼花缭乱的技术进步，但这不是全部。有许多门隐藏在墙上，看起来浑然一体，以至于你的手在上面摸索却找不到任何表面上的粗糙不平。它们只能在适当的时刻打开：然后，按下一个按钮，神不知鬼不觉地，一大面墙在其轴上转动起来。我们自己的力量还不太够，必须有一些其他的关联；也就是说，一般的变化必须给出一些迹象，表明现在会发生变化。既然如此，由于在逐步壮大中，人类的迷宫往往会显露自己，我们对意义的渴望就不可能一无所获。然而，为了将比喻继续下去，现在我们眼前出现了另一面浑然一体的墙。即使四处摸索，我感觉到了可能是打开秘密通道的按钮的点，我却没有义务说出来，因为现在时机尚不成熟。

移民到美国：一份总结

多年来,我梦见同一个梦的不同变体。穿制服的男人阻挡了一栋高楼的唯一出路,正在搜捕,从较低的楼层开始,逐渐往上到我的楼层。他们的制服是德国的,有时是俄罗斯的。即使这个梦通常由我记忆中的街道和房屋的碎片组成,我却并不认为自己是一个梦魇缠身的人。一个不断复现的梦就像画一只鸟或一棵树,在你的手获得它的感觉之后——现实的特征迅速消失,剩下的只是一个符号,一个象形符号。我只有一部分自己参与了那个梦。另一部分的我知道只是在做梦,在一个时刻,我会醒来。

能够保持敬畏的人是罕见的——例如,这样的人,他们仍然可以因最早的、基本的人类发现,如燧石打火和轮子的成形,而心生敬畏。国家的权力应该存在着法律所规定的限制,没有人应该被穿制服的人一时突发奇想扔进监狱,这种想法依然令人惊讶。特别是因为,尽管历史的车轮已走到这一步,由独立的司法机构所守卫的法律保护,却不断受到一种野心的威胁,这种野心试图越过任何障碍或制约而掌控他人。不过,只有生活在个人任由统治者处置的制度下的经验才能让一个人真正地将民主视若珍宝，此种民主甘受民众的控制，尽管是不完全且不情愿的。这就是为什么我总是带着些微讽嘲看待美国的反叛者。对他们来说，法治既是陈词滥调，显而易见，无聊透顶，又值得仇恨和蔑视，因为当权派援引法律来掩饰不公。我承认，如果一个人从未被迫生活在没有法律的情形之中，法律就不会激发我们的想象力，就远不如寻求完美社会的口号那么有吸引力。

然而，我没有在一九六〇年直接移居到美国，而是从法国移居而来，在动身离开波兰后，我在法国居住了十年。我与法国有着千丝万缕的关系；在风景的细节中，在古老而狭窄的街道上，在树木繁茂的山谷里（如多尔多涅①的利勒〔Lisle〕和韦泽尔②堤岸），我经常找到故土立陶宛的记忆。不幸的是，法国不可能是我的家，理由不仅是个人的，而且也预示了似乎属于一种新的移民，即"人才移民"的典型特征。所以，我对美国的看法不仅被我对欧洲东部地区的记忆熏染，也被我长期留居其间的欧洲西半部分熏染。

在特定国家的历史存在中可以观察到某种永久不变的特征——我们可以称之为通过变化而获得持续性、通过持续性而获得变化的原则。在西欧，持续性如此强烈，以至于十九世纪的结构似乎保持不变。那些选择残酷的生存斗争作为主题的作

① 多尔多涅（Dordogne）是法国阿基坦大区东北部的一个省份，在法国西南部。法国第二大省。

② 韦泽尔河（Vézère），位于法国南部，属于德罗讷河的支流。韦泽尔河谷拥有许多史前遗址，被称为"人类发源谷"。

家——巴尔扎克、狄更斯、左拉——今天也许和他们涌现出来的时候一样不怎么过时。马克·吐温或厄普顿·辛克莱[①]笔下的美国不再存在，但法国，在相当程度上，仍然是巴尔扎克笔下的法国；然而，即使在十九世纪，欧美资本主义也不尽相同。在美国，人与人的暴力冲突发生在表面，在公开场合。在欧洲，暴力变得形式化，与几个世纪以来神圣化的阶级分裂相结合；它被内化，变得根深蒂固或被烤融到内部（baked in），如果人们可以使用这样的表达。美国的资本主义建立在大胆、机智、慷慨、浪费之上，欧洲的资本主义建立在一个强大的激情——吝啬之上。这些模式仍然存在，可以解释为什么美国成功地创造了一个庞大而崭新的经济领域，适应了那些我们越接近二十一世纪时就变得越来越明显的需求：大学、研究机构、实验室构成的领域，给它们投资了数十亿美元。西欧没有产生任何类似的东西，在那里，教育一直是为少数精英所独占的东西。在美国，私人资本的挥霍使得那些开端成为可能；在下一阶段，加入了来自税收的资金。在欧洲，资本的吝啬有效地阻止了为这一新领域奠定基础，并且，政府财政是否能够填补日益扩大的缺口是令人怀疑的。

我在西欧生活的所有年月里，甚至没有收到一份来自任何知识传播机构的聘用通知。的确如此，我的领域，斯拉夫文学，

---

① 厄普顿·辛克莱（Upton Sinclair，1878–1968），美国作家。"揭发黑幕派"（muckraker）作家。一九〇六年发表《屠场》（*The Jungle*），描写大企业对工人的压榨和芝加哥屠宰场的不卫生情况，引起人们对肉类加工质量的愤怒，导致食品卫生检查法的制定。

和异国有关。然而，在一片至少有一半被斯拉夫人民占据的大陆上，人们竟然如此认为，我们可以从这样的事实中得出各种各样的结论。我在法国的许多年里，我遇到的所有真正的聪明人物都是欧洲联邦主义者。他们相信，只有少量强国的政治和经济统一才可以与美国和俄罗斯构成某种形式的平衡力量。他们遇到的阻力，导致他们的计划实施得非常缓慢、三心二意，这种阻力在我看来，是由同样的狭隘精神造成的，这种狭隘精神拒绝承认我的资质，认为它是多余的，只是因为我是一个从栅栏①另一边新来的人。因为，即使斯拉夫领土处于计划中的同盟的疆域之外，任何具有广度和远见的思维都不会忽视它最近的邻居。它似乎是对欧洲的生存意志的削弱——作为历史的主体而生存。相反，人们却心照不宣地默许成为受美国势力保护对象的角色。我不禁想到，当戴高乐宣称"从欧洲到乌拉尔"②时，我感到自己是多余的；我实在不能认真对待他。

此外，这里重要的并非斯拉夫研究。还有许多其他受过教育的人在战后年代无法找到任何就业机会。知识作为相互联结和相互关联的部分构成的整体，在相当程度上是基于明显深奥晦涩的学科；如果知识传播被认为至关重要，经济上有一定价值，那么鱼类学家、研究拜占庭的历史学家和乌尔都语专家都会

---

① 指冷战时期（1947-1991）东西方阵营的边界，相对于美国而言，米沃什来自位于"栅栏"另一侧的波兰。

② 一九六〇年三月，法国总统戴高乐邀请赫鲁晓夫访问法国，会谈时提出著名的"从大西洋到乌拉尔"的欧洲建设构想。乌拉尔指俄罗斯乌拉尔山脉中、南段及其附近一带地区，斯拉夫民族主要居住地之一。

找到属于自己的位置。受过教育的人失业，在令人沮丧的工作中意志消沉，在装备落后的实验室里工作，我看到这在法国被谦卑地接受为正常的东西。我的观察极有可能有些狭隘，因为它们只限于巴黎，一个异常冷酷的城市，但是，很有可能，它们可以应用于更大的范围。

我内心倾诉着的不是失败的苦涩。如果一个人靠着笔生活了十年，他的书翻译成了几种外语，销售量相对较高，很难说是失败。我只是不喜欢欧洲文人这份职业。我的书是从波兰语翻译的，这造成了巨大的困难，但我可以将就这一点。然而，文学职业不仅仅是纸和笔。它还需要很多能力，比如侍臣必须掌握的那些能力，这种侍臣通过谨小慎微、深思熟虑的策略，那些结盟的游戏，持续不断地让他们为世人所知，让他们保持亲近国王或王子的权位。现在，我可以微笑地面对我当时出的洋相，并且清空了任何敌意，可以描画出一位欧洲出版商的肖像，我曾经多么依赖他的签名。那幅多方合成的肖像对于我的一些善意的雇主而言当然是不公正的，虽然它也会包含一些他们的特点。这类图书世界里的君主是对箴言"公事公办"活生生的反驳。他的决定不能被缩减为算计，因为他出版想要出版的书，通常是完全为了出版社的荣誉；他的行为使你明白，他支付给作者的版税不是他亏欠他们的，而是他给出的恩惠。至关重要的是，在他统治的充满噪音和热忱的蜂房中，你离他有多近。如果你靠近了他，他能够打开他的钱包，给你所需要的数额巨大的钱，用于购置公寓，接受治疗，或支付你女儿的婚礼所需的费用。他还可以犒劳他的作者们一顿饕餮盛宴，他拿起的支票相当于他们的年度预算。但涉及正常数额的报酬,这是另一个故事;即使是微不足道的数额都得从他那里抠出来,他记账时往往听命于神秘的诡计,旨在降低他的税额。我实在无法明白这种类型的封建领主如何在资本主义企业中生存下来。我注意到美国出版商没有这样的特质,他们看起来很商业化,一丝不苟,实实在在。此外,来到美国意味着我从文学酬金中解放出来,这曾是我唯一的收入来源。奇迹确实发生了;但是,不应该滥用奇迹。

不是只有这些明显的动机决定我告别了欧洲,虽然这些动机驱使了那么多西欧学者和科学家在过去二十年内移民至美国。二十世纪是一个由政治动荡引起的大规模外逃的世纪,它们的规模是全新的,所以适应的方法必须由移民自己发明。过去没有提供对现在足够有效的指示。无论多么强烈地依恋自己的故土,一个人倘若抗拒他每天看到的东西,抱怨新的语言、习俗、道德和制度的陌生性,让目光紧紧盯着失去的祖国,向它倾诉,他就只能在有限的时间内远离故土而生活。我们由我们的感觉所滋养,无论我们是否知道,整顿我们的混乱感知,并将它们组合成确定的单位,这个过程在我们内部持续不断地运行着。彻底出走,远离家园,与我们的本性相反,曾经被连根拔起的人类的植株尝试着让根深深扎入其曾被抛于其上的土地。事情这么发生,是因为我们是肉身性的存在;也就是说,我们占据空间,而我们占据的空间,由我们皮肤的表面所界定,不能位于"虚无之处"。正如我们的手伸出来,拿起躺在桌子上的铅笔,从而建立我们的身体与其外部事物的关系,我们的想象扩大了我们,在我们与街道、城镇、地区和国家之间建立了一种感觉和视觉的关系。在来自欧洲东部的流亡者中，人们经常注意到他们绝望地拒绝流亡这一事实；他们试图将他们的家园保留为居住和穿行的理想空间，但由于它只存在于记忆中，并没有由日常印象所加强，它变得僵硬，变成了词语，这些词语的具体内容越是消退，就越是变得顽固不化。

我凭着五种感官逐渐适应了法国，这是可以理解的，因为，尽管各行政区之间有着那么多差异，但欧洲是一个由共同的过去所形塑的整体。然而，一个人在法国遭遇的选择并不符合我的心意——你可以是法国人，也可以是外国人。实际上，根本没有选择的余地，因为法国性有一种几乎形而上学的性质，与居住时间的长度或护照绝无关系。我的口音为我标记出外国人的耻辱，正如一些年老的巴黎出租车司机被标记出来，永远是“流亡者”①。我没有一次弄错过，在聊了几句法语之后，我就用俄语和他们说话。然而，这个口音属于我自己，是我的财产，我没有试图摆脱它，正如我没有试图摆脱我的陈旧的依恋和忠诚。这没有遭到嗤之以鼻，只是因为外国人的所有怪癖都被宽恕了。很难理解这种排斥多大程度上干扰了想象力的指示活动，而想象力试图吸纳多尔多涅省，就拿它作为一个例子吧，于是它就成了“我的”，而不是处于我外部的东西，游客的临时占有物。在美国，我有一股宾至如归的冲动，这股普通、正常、健康的冲动，没有遇到任何那种障碍，因为这里的一切都是反其道而行之；我来自一个遥远的国家，我的斯拉夫口音，不屈不挠的习惯和反应

① 原文为法语：émigrés，或译为“侨民”。

能力，将我永久地排斥在法国之外，却让我在这里变得正常，成为蜂拥而至的新来者之一，成为“美国人”，正是因为我不必放弃任何东西。

我们的思想总是被一些观念所囚禁，这些观念在某一时刻起源于现实，但随后又导致一种自给自足的生活，与当下的步调不再一致。在本世纪后半叶移民到美国与在十九世纪截然不同，甚至不同于几十年前。蒸汽机时代的最后一个精神残余已经崩溃和消亡；人发现自己置身于一些尚未命名的东西前面，虽然他的意识滞后于一般的转变，但他确实感觉到了，如今发生在我们整个物种上的一切都是巨大的、不祥的，也许是最根本的。这不是文明史上人类第一次经历危机、崩溃、终结感。在罗马帝国，许多世代的人与这种危机生活在一起，可能是某种类似压抑着中世纪千禧年信徒的东西；文艺复兴只是在表面上清澈而明亮——事实上，面对自身反映在传统的确定性、等级、美德的失落中的黑暗，它努力实现古典秩序。当美国的痛苦，这种痛苦几乎不可解决的冲突的暴力，美国的不确定性，在这场全新的巨大危机的背景下被看得一清二楚，美国的命运丧失了那种特殊性，即其在殖民这片大陆时的迅猛发展，这种发展一度存在于欧洲人的心目中。流行的宗教想象，自动化，教育的普及，人类因逐渐或突然的对自然的毒害而导致自我毁灭的恐惧，技术对这些都有着破坏性的影响，这显示了美国冒险的普遍特征——它凝结和例证了世界各地已经超越或如今正在超越人的东西。没有人远离火的发现和轮子的发现而回转到过去。同样，没有人远离现代知识的连锁反应后果而回转到过去，虽然在各处，由于各种各样的本土原因，它们的速度放慢了。有时候，一整套错综复杂、相互关联的因素，精神的、技术的和社会的，从根本上清理了道路，尽管有着一些强制性的意识形态。由于自我谴责和迷失感在美国比在其他任何地方都更加开诚布公，美国成了全人类的试验场。也有可能，腐蚀性的论调以及革命者与波希米亚人之间的联盟，是物质上强大有力的国家在将自己转变成一个诗和哲学事业的国家时必须付出的代价。

至于我的无家可归，正是它让我更容易融入美国，因为美国的居民总是遭受无家可归和背井离乡，后来被称为异化（alienation）。（除了印第安人，谁不是一个异乡人？）除了殖民较早的东海岸农业区域外，漫游者和定居者不得不主宰并安排他们周围四处弥漫的空间，不仅在本义上，而且通过他们的想象力，这种想象力在他们清醒时和在睡梦中都在运作着。倘若这导致从一个住处搬迁到另一个永久的住处就好了，然而并没有，即使工业社会所要求的流动性允许这样也没用。难怪美国文学的核心一直是这个问题："我是谁？"个人通过将自己与手和眼睛可触及范围内的物体联系起来，在身体层面建立自己的认同。通过扩展感知，他扩展了自己的认同，首先在空间上，认同包括村庄、地区、国家的东西，然后在时间上，认同祖国的过去，必须能够以某种方式感知到祖国，可以掌握其细节，以免他身处"虚无之处"。如果这一切都做不到，就寻求替代品，这是沃尔特·惠特曼所做的事情，当他借用法语词汇"大众"（en masse），并应用于美国的景象。如果我属于"大众"，我不试图根据自己的骑士城堡、农民的小屋或自由民的商店来界定自己,我是“常人”(Everyman),我必须在普遍的流动性中,在由“常人”组成的、运动着的人类集体中界定自己。这是超越凡人的困难,因为支持和促进我个性的鲜明特征消失了或变得普遍,因此成为中性的;例如,最接近我的身体、衣服的事物,不再作为一个群体拥有的、用以区分另一个群体的标志起作用。然后,从外部看“我”,它似乎就是商店橱窗中的一件商品,这与其自身含有的独一性相矛盾。我并非在这里谈论如何融入大众,或凭着自身的温度和节奏与大众交流(在欧洲,惠特曼被读作书写大众集会和游行的游吟诗人,这显得与众不同),而是让自己与其他个体关联起来,这些个体已被抛入我同样拥有的地理空间上动荡不定的位置。早在一百年前,“大众”就是一个“孤独的人群”。

人类微粒在美国比其他任何地方更早地和更大规模地从大地上被拔离,这使得美国无意中成为现代生活的先驱。由于在许多国家,工业革命以及战争和政治动荡的迟缓到来,这种情况变得普遍化。这个流放之地几乎成为所有流放的典范,特别是由上帝的权位造成的等级森严的精神空间中的流亡。欧洲文明建立在宗教真理的某些空间对等物之上。这些是垂直模式——天堂,人间,地狱——以及水平模式——骑士寻找圣杯的危险旅行,为基督的坟墓而战的东征的传说,或危机四伏的道路上的旅程,这些道路显明了灵魂向着救赎而缓慢前进,尽管存在着恶魔的诱惑。甚至是一本十六世纪波兰的诗体著作,科隆诺维奇[①]

① 科隆诺维奇(Sebastian Fabian Klonowic, 1545-1602),波兰诗人和作曲家。

的《撑筏者》(*The Raftsman*),写的是用河上的船筏运输小麦,有时便是一个渴望庇护的基督徒的现世朝圣的寓言。当人们试图在由于宗教信仰的崩溃而变得惰性的空间中表达其迷失方向时,截然不同的图景就出现了。这个空间不受意志的限制,它一无用处,毫无意义,像是荒原,遍布庞大城市、垃圾堆,覆盖着废弃金属、长满了荨麻的荒凉土地,一个一度被认为是不知善恶的灵魂栖居的"灵泊狱"①。在荒诞派戏剧的两个最具代表性的戏剧——贝克特《等待戈多》和《美好的日子》中,情节发生在一个"虚无之处",物质形式只是自身循环闭合着的无目的时间的象征。但是由于其旺盛却反有机的生长,美国创造了遍布废弃物、垃圾场、贫民窟、霓虹灯闪烁的荒野景象,这一切发生在关心这些景象的艺术想象出现之前,于是,人们可以毫不夸张地说,一个不稳定的空间与我们对秩序的欲望相反,在这里充当了一部戏剧的场景,但不是人们在舞台上表演的戏剧——一部人物都是"常人"的戏剧。其他大陆上的人民轻而易举地吸收了美国的文化产品,因为美国的现实不必过多地将现实隐喻化,它本身就是一个隐喻,揭示人被剥夺应享的权利。

属于我的文明的一个不变因素是一种失落的怨诉,一个转向过去的怀旧之梦,将一种自然的古老和谐、原始的天真无邪、充分融入一个部落共同体、弥漫于乡村城镇和天堂之间的等级空间进行理想化。它与对我们出生其中的世界的愤怒同时发

① 灵泊狱(limbo),但丁在《神曲·地狱篇》中描绘的地狱第一层,栖居着具有美德的异教徒和未受洗者。

生,这种愤怒不知不觉地成长为反对一般存在(Existence)的愤怒。历史上那些大体上有利于人类环境的史无前例的技术和医学成就与这种阴郁的心态之间的对比是神秘莫测的,尤其对终级灾难(原子战争,海洋污染)的恐惧就更神秘莫测了,此种灾难可能会发生,也可能不会,似乎只是对一种更加深刻和更难以命名的疾病的掩饰。"难以生存"等问题压迫着美国的年轻人,像以前一样,可能证明了一些精神资源的枯竭,证明了在行将终结的东西和尚未开始的东西之间悬而未决的感觉。美国哲学家何塞·费拉特·莫拉①写过古罗马的斯多葛学派、犬儒学派和柏拉图学派,他们几乎像是我们的同时代人,因为他们都在寻找拯救,试图在他们认为混乱不堪的社会中保持清醒,他们认为一个人对这个社会不能产生什么影响。很久以后,在中世纪的秩序变得"紊乱无序"之际,哈姆雷特在威登堡学习的可能正是他们的作品——虽然他,在关键时刻,并非只让自己退缩躲避,而是带着悲伤,决定根除埃尔西诺城堡(Elsinore castle)中的邪恶。

尽管今天存在着一种夸大我们处境的特殊性质的趋势,然而我们的"时代"始于十八世纪末、十九世纪初的某个时间,应该被视为一个整体。其特征是一个缓慢成熟的核心哲学问题,这个哲学问题是对传统基督教信仰和以君主制为主的贵族制度

---

① 何塞·费拉特·莫拉(José Ferrater Mora,1912–1991),哲学家、作家。生于巴塞罗那,曾在古巴、智利的大学任教。一九四九年开始在美国宾夕法尼亚州的布林茅尔学院(Bryn Mawr College)教授哲学。住在宾夕法尼亚州的维拉诺瓦(Villanova)。著有《哲学词典》(四卷本,1944)、《存在与死亡》(1962)等。他认为人与动物处在相同的道德领域中,在道德上不存在质的差异,只有量的差异。

的批评所产生的结果。这是政治恐怖的问题，如果明智地使用，政治恐怖将会让有自觉意识的人和纯粹的人实现人的救赎和神化。在各种各样的虚无主义绝望和那种假定理性去反对普遍非理性的意志冲动之间存在着一种亲密的、根本的联系，这些虚无主义的绝望属于一个未被上帝拯救的世界，一个因被神遗弃而空虚的世界，这里，善恶被剥夺了更高的约束力。真正的革命者是诗人和艺术家，甚至是他们中最脱俗和最不残暴的，因为他们清空了道路；也就是说，他们在一个新的向度上充当了集体想象的组织者，充当了将孤独的人凝聚为种群的组织者。因此，波希米亚艺术家和政治行动的倡导者之间的边界消失了。在欧洲浪漫主义中，人们可以看到理想空间的崩溃，这种空间既适合于人在故乡的扎根状态，又适合于努力追寻天堂的灵魂的愿望。空间变得富于动态，避开了“现在”，因为“现在”被谴责为难以忍受的东西，并且理所当然地，融合了历史时间的空间图像。这并不正确，浪漫主义只是把他们充满乡愁的眼睛朝向了过去，梦见中世纪城堡、骑士和游吟诗人；其他浪漫主义者竭尽全力做出预言，因为前者和后者（通常是同一个）偏爱过去和未来——任何遥远的运动——以符合自己的向度。基督教的动态元素（弥赛亚，对基督再临的期望）与生物科学的进化论之间的联合促使他们及其继承者信仰“进步”，但是，归根结底，这已被最富有热忱和最具有逻辑性的人利用，他们否认进步是自动的，并以具有自觉意志的行动反对这个概念，此种行动改变着尘世的面貌。政治恐怖有着一个光荣的谱系；它集中了所有最错综复杂的问题，而陀思妥耶夫斯基可能是正确的，当他提出了一个非此即彼的困境——“神人”或“人神”[①]。因此,自命不凡的雅各宾派的恐怖救赎论的一个改进的(由马克思及其门徒改进)和更完善的理论版本成了欧洲精神追求的冠冕堂皇的成就。一个不同于美国的变化的大众产生了一个具有明确导向的空间。灵魂的现世朝圣行进于遍布圈套和深渊的狭路上,如今被诸民族的前行取代,离开资本主义的埃及式奴役[②],横跨(临时)匮乏和(临时)恐怖的沙漠,由指挥官牧师所引导,那是一个以别的方式被称为社会主义建设的过程(依靠一块又一块的砖,采用十九世纪风格而建成)。

西欧的命运是输出,并被它输出的东西征服。西欧的身体离开生存斗争中的凝固的、形式化的暴力,逃往海外,选择了无家可归、回家的希望和绝望。欧洲的精神背叛了大陆的倾向,并在乌拉尔山脉的两侧运转。当衰落终于发生,权力转移到美国和俄罗斯,它看起来像是一个道德寓言。有一句谚语:不要在一个吊死鬼家里谈论绳子。我生活的战后欧洲就试图假装不存在一条绳子。它梦想着既回归一种生活方式,又回到那些在其他地方已得出的结论的知识前提。

美国最初在技术上实现欧洲化,并立即超过了欧洲。如今,美国再次进行着欧洲化。显而易见,普及教育和尊重由学院、大

---

① 陀思妥耶夫斯基在《卡拉马佐夫兄弟》中区分了“神人”(man-God)和“人神”(God-man)两个概念,他肯定“神人”,否定“人神”。“神人”是上帝的化身,而“人神”是神化的人,是人抛弃上帝后开始崇拜自身的产物。小说中的伊万认为,只弃绝上帝观念,人类就会从信仰“神人”转向信仰“人神”。

② 指《旧约·出埃及记》中埃及对于以色列人(希伯来人)的奴役。

学和研究机构雇用大量知识分子反复灌输的文学艺术，它们只能意味着各种各样的欧洲观念及其内在的逻辑发展被嫁接到本地的树上。同样，被嫁接到不是特别复杂的古罗马身上的古希腊观念不仅仅限于荷马或品达；相反，古罗马人也吸收了所有颓废的希腊化思想和艺术。

大众传媒的商业效率——额外附加了艳俗、残暴、性、艺术借口下的一种几乎自杀性的言论自由——和美国学校的特殊性质，为年轻一代提供了只能称为虚无主义行为的东西。在缺少教导的情形下成长起来的年轻人是某种全新的事物——直到现在，总是有人企图用宗教或民族主义信条教导他们；然而，美国的教育者自己也没有可以用来传递的根本信念。根据赫伯特·马尔库塞的说法，这种方向感的缺失可视为一个阴险而隐蔽的准备，即一种缩减为赚钱与消费的野蛮存在。然而马尔库塞只代表一个欧洲后虚无主义的阶段；也就是说，他谈论的是人，人首先失去了他的想象力和以形而上学为根植的价值，这种价值可以安排和构成空间，然后人决定转向社会，并视他们拥有的价值为理所当然，此种价值假定社会空间只有通过政治恐怖才可以变得理性且透明。因此，马尔库塞与美国的争吵实际上是一场与某种未定义的所谓文化“开放”(opening up)的争吵，在这种开放中资产阶级欧洲备受赞颂，虽然是在一个更适度的程度上。“开放”通常导致所有的观念变得同等重要、完全相对化，而在实践中，只有那些有助于形成苦涩、绝望和人在世界中的零余感的观念变得声势浩大、四处蔓延。这通常既导致接受赚钱和消费，又导致了波希米亚文人崇拜作为绝对唯一的大写的艺术(Art)。还有,在下一个阶段,就是对政治恐怖的渴望。

今天,教导的缺失不仅是一种"开放",而且是对某种无计划的宣传的屈服。大众传媒就像一枚魔术戒指,让你一瞬间看到美国和全世界所有的痛苦,所有的压迫,所有的不公。善,即人类意志的胜利,它和毅力都因缺少刺激和商业上孱弱而被排除在外。科学发现,建造巨大的水坝、桥梁、高速公路,成就,会被鼓吹为历史性的事件,而在美国,只在报纸上占据几行文字,在电视上停留十秒钟——谁关心此类毫不起眼、无聊透顶的事情?当然,在美国,存在着贫民窟的悲剧,存在着很多不公和贫困,但那是在半个多世纪以前;而且,那个时候,我们的意识每一天都不会触及这些东西。地球上一直充斥人类的痛苦,但是半封闭的社群和地区的居民没有办法同时接触到它们。如今反抗邪恶的道德主义者们怒不可遏,为受虐狂的纵欲狂欢提供了正当理由。盲目的、情绪化的抗议模糊了较小和较大的邪恶之间的区别。一个诚实的大学校长要是反对学生无理取闹的要求就会被公开谴责为希特勒或艾希曼[①];国家总统在一出戏剧中被表现成双手沾满血污的麦克

① 艾希曼(Adolf Eichmann, 1906-1962),德国纳粹高官,一九四二年艾希曼出席万湖会议,晋升中校,负责屠杀犹太人的最终方案。将犹太人移送集中营的运输与屠杀作业大部分都是艾希曼负责。第二次世界大战之后,艾希曼被美国俘虏,之后逃脱,最后艾希曼流亡到阿根廷,一九六〇年被以色列特工抓获,一九六一年在耶路撒冷对其举行了刑事审判。一九六二年六月一日艾希曼被处以绞刑。德国哲学家汉娜·阿伦特著有《平庸之恶:艾希曼在耶路撒冷》。

白，他的妻子被表现成麦克白夫人[1]。在这种精神氛围中，无须惊讶的是，政治恐怖开始被视为积极的东西，并认为反思一个人实施政治恐怖后得失的多寡，是极为不妥的。

我体味着欧洲的虚无主义转向，并关注着这些转向的结果，这让我无法同情美国知识分子必须作出的随波逐流的怨诉和咒骂，显而易见，他们大体上满足的是世俗的期待。他们的随波逐流如此深入骨髓，以至于有时候会让人想起庞大固埃[2]的羊，想要让人相信这一点，只需阅读他们编辑的期刊就足够了，那是专为他们的品位而设计的。怀着嘲讽的心态抵制这种时尚可能是我的一种义务，但是，当一些非常值得商榷的含糊命题，被主流的精神氛围作为不证自明之物接受的时候，一些巨大的困难就会出现。

我们渴望人类世界是透明而理性的，而某种规律废除或拖延了合理的计划，这两者之间的矛盾是真实的，并非幻觉。在我们遭遇了极端的危险、需要迅速而彻底的补救方法时，这一矛盾变得尤为尖锐；比如对自然环境的破坏，将整个美国变成废墟和垃圾场，还有为针对私人利益的法律而作的斗争，它们很少获胜。如果一个人看到了什么应是理性的，却对此无能为力，他就

---

① 麦克白和麦克白夫人是莎剧《麦克白》(*Macbeth*)的主人公。剧中的麦克白是一名利欲熏心的暴君，弑王篡位，为了巩固王位，又残暴屠杀人民，使全国血流成河。王后麦克白夫人是对权力贪婪成性的女人。

② 庞大固埃(Pantagruel)，法国小说家拉伯雷《巨人传》的主人公。在该书第四部中，庞大固埃的船在海上遇到了卖羊人丹德诺的船，卖羊人试图嘲笑衣冠不整的巴奴日，作为报复，巴奴日购买了卖羊人的一只羊，并扔进海里，其他羊就全都跟随着这只羊跳入了海里。

开始觉得存在是晦暗不明且荒谬可笑的,这反过来导致了政治恐怖的噩梦,其中大部分在诗歌、小说和绘画的暴烈语调中找到了一种替代性的表达。尽管,在沙皇俄国,进步知识分子面临着截然不同的问题,然而他们的思维模式与年轻的美国同仁并无二致。无稽之谈必须变得可以理解,腐败必须经由暴力来根除。不幸的是,那些知识分子最终认识到,政治恐怖的胜利只是将人们从荒诞中驱逐出来,并用另一种荒诞来代替,还认识到再没有什么比官僚主义的丛林更不透明的了。

我不清楚美国的体制是如何运行的,也不理解实用主义的思维是如何运转的。很可能它厌恶“如果 a,那么 b;如果 b,那么 c”之类的逻辑序列,也对任何预先做出的计划深恶痛绝;它总是在最后一刻(倘若五分钟还不太晚),在极度的强制下,才开始处理紧急问题。迄今为止,这一集体的有机体吸收不可预见之物的能力堪称卓越。我恰巧成为冲突的见证者,对我的欧洲思维而言,这些冲突似乎无法通过达成一致来解决。然而,涉及这里发展出的拖延天赋和议会的妥协天赋时,作为外国人,我保持沉默,因为我意识到自己的局限。力图为让我变得与众不同的东西找到一个名字,我得出这样的结论,这是一种从根本上寻找理由的倾向——也就是说,一种对抽象化的偏好——它剥夺了我的判断中很多有用的部分,甚至,或许是因为我对作出让步会感到羞愧,虽然我周围没有人羞愧于此事,即使暴力的天性要求作出那种让步。因此,恐怖分子行动的框架在一定程度上是预先设定的,这些行动有着通过胁迫而获得特权的作用;这里,美国政治的主宰者似乎都是孩子,因为他们发现如何有效地恐吓他们的父母，以至于他们会让自己跳下屋顶，以获得一段时间的和平和安静。无论多么令人震惊、反感、恐怖的东西，都会发生作用，事实是，这作用是商业上的，而且并非无足轻重。一部分至关重要的欧洲激进的波希米亚思想，记录了在现代艺术史上，它们是对无所不能的市场做出的反应。“为了震惊资产阶级”[①]指明了通往波希米亚人的钱袋的唯一方式。同样，如果今天的美国“地下出版社”在恐怖和自觉培养的邪恶方面没有超越超现实主义者，如果其一半员工不竭尽全力冒充成切·格瓦拉转世一般，其出版物就不会好卖。抗议的获利能力并不妨碍某些敌对情绪的诚意，但是，它仍然把知识分子的姿态转化为戏剧，恰恰与沙皇帝国治下的俄罗斯人的严肃性截然相反。

我们对于国家的职能并没有什么确切的认知，只是屡次三番地触及并盲目地感受到在几十年或一个世纪的过程中反复出现的主要常量。通常，在我看来，美国的使命中含有一种其他地方都无法遇到的双重性——绝望和成功的双重性。我有一个邈远的先辈移居到了这片大陆，尤利安·乌尔辛·聂姆策维奇[②]，他于一七九六年来到了这些海岸。他是启蒙主义者，君主专制制度的敌人和美国共和国的热衷者。他在那个时代关于法国大

---

① “震惊资产阶级”（*épater le bourgeois*）是法文短语，一般认为出自波德莱尔，十九世纪末法国颓废派诗人的口号。

② 尤利安·乌尔辛·聂姆策维奇（Julian Ursyn Niemcewicz，1758–1841），波兰诗人、剧作家和政治家。波兰“五三宪法”的主要拥护者之一。五三宪法（Konstytucja Trzeciego Maja）被认为是欧洲第一部、世界第二部成文国家宪法，颁布于一七九一年五月三日，编纂时间仅次于一七八八年正式通过的美国宪法。

革命的大争论中采取了温和的立场——他在法国大革命初期同情这场革命,然后在其恐怖时期,明显地冷静了下来。在英译本更名为《在他们的葡萄藤和无花果树下》出版的《美国行记》中,他记录了他拜访一个家境富裕的农民,这位公民性情耿直,抱怨四处蔓延的萧条和冷漠,让聂姆策维奇感到不快。正如欧洲难民与失望的美国道德家之间谈话中经常发生的一样,聂姆策维奇陷入了沉默,并为自己做了记录:

> "我们必须革命,"洛根先生说,"只有这样才能拯救我们:但你要相信,我们的人民不想听到别人谈论它。他们已经堕落了。如果现在我在法国,如果我可以看到那里发生的一切,我会欢天喜地。""疯子,"我自言自语,"你不知道你想要什么;你有一栋高大舒适的房子,田地出产四倍你需要的食粮。你生活在明智而自由的法律之下,却渴望动乱和流血。你是一名狂热分子,我的朋友,你脑子有病。你过着死水微澜、锦衣玉食的生活,却让你不堪重负;你感到需要被唤醒,整顿山河,即使这意味着你的房子或国家被夷为平地。但,去法国,去欧洲吧,看看那里发生着什么,回来后,就可以治愈你的疯狂。"

我曾是维尔诺(Wilno)[①]的一名学生,然后它成了波兰的一部分,那时,对于那些成了全面解决方案的气势逼人的口号,任何清醒的思考或怀疑都让我们愤怒和羞愧;这些弱点必须扼杀。如今,当

---

① 立陶宛首都维尔纽斯的波兰语名。

我以某种角度回顾往昔，我必须承认，理性总是失败者，似乎证实了，理性的建议只对个人而不对人类集体有效。然而，它只在相对较短的时间内是失败者，因为事实上，只有个人才是真实的，群众运动并不真实，在群众运动中，个人为了逃避自己而自愿失去自己。我从来不认为自己是一名政治作家，没有野心去拯救美国或世界。在这里，现在，我只是自问，我在美国学到了什么，我在这种经验中看重的是什么。我归结为三组正反面论点：支持所谓的普通人，反对知识分子的傲慢；支持圣经传统，反对寻找个人或集体的极乐世界；支持科学和技术，反对原始天真的梦想。

我希望，我的自我教育得益于居住在前卫的加利福尼亚。在这里，一个人必须正视自己的骄傲。在乐观的时刻，每个作家都认为自己是天才，如果他住在自己的小国家，其语言不同于邻国，就会有很多东西支撑他最喜欢的自我形象。用波兰语在美国写作（因为诗人只能使用童年语言），我让自己失去了那种安慰。但是，事实上，至关重要的不是语言，或者外国人的身份，就像在法国那样。由于美国疆域广阔，人口稠密，诗人和读者之间的联系不同于我所来自的地方；而这些联系在斯拉夫国家一直非常强大。所以我必须简单地说，我是旧金山湾区众多诗人之一。他们大多数用英语写作，但也有一些用西班牙语、希腊语、德语、俄语写作。即使一个人有了点名气，他在与人们的日常交往中，依然默默无闻，所以也只是茫茫人海中的一人，但这是在另一个更大的意义上而言。只要满足了我们的虚荣，无论什么都可以成为一种非常有效的“消遣”[1],根据帕斯卡尔的说法,人们诉诸这种类型的消遣,以掩饰我们的努力所带来的徒劳无获和我们对死亡的恐惧。在美国,至少一种“消遣”,最重要的一种“消遣”,即受人认可(recognition),是很少可以实现的,我们都是孤独人群中的一员。也许国际化的希腊-犹太-拉丁的罗马的居民有类似的感受。我的意思不是说,我超越了对名望和认可的渴望这类琐事,但美国将你逼到绝境,强迫你拥有一种禁欲的美德:做到最好,同时保持超然,此种超然源于对包括自己在内的所有人的无知、幼稚和缺陷的认识。

“所有人的。”我厌倦了把人分成知道何为对自己有用之物的少数人和不知道何为对自己有用之物的庸众。我不想成为那个被选定的人,借用暴力将群众拖入乌托邦。在富裕条件下成长起来的年轻人,用乞丐的衣服和革命观念装点自己,但是,相比之下,辛勤劳动的伐木工人、矿工、公交司机、砖瓦匠,更值得我尊重,虽然他们的精神世界引起年轻人的蔑视。也许这就是美国人受尽奚落的心态,他们读着圣经,却极度自以为是;然而事实上,美国仍然是这样一个国家,圣经在其中产生着并将继续产生持久的影响。无论宗教信仰受到多么严重的侵蚀,钦定版圣经[2]依然是我们的语言的核心,决定了我们的语言在文学上的发展,惠特曼、梅尔维尔及其后继者的作品不断地指引我们回到它。圣经是信徒、

---

① 原文为法语:divertissement。帕斯卡尔哲学中的一个重要概念。

② 钦定版圣经(King James Version,简称 KJV),是圣经的诸多英文版本之一,于一六一一年出版。钦定版圣经由英王詹姆斯一世的命令下翻译,被认为是现代英语的基石,影响深远。

不可知论者、无神论者的共同财产。任何人，比如我，只要凭着经验知道，一些不那么明显的人类美德可以是多么重要，就不会轻率地将某种严肃的正派和慷慨称为愚蠢，即使这些美德有着心智上的局限。他也不会对圣经中的善恶冲突不屑一顾。尽管有着相反的论据，尽管有着此种悖论，即残暴和冷酷行径无意间却产生了好结果，或者也许恰恰是因为这种悖论，美国是犹太教基督教文明的合法继承人，蒙召去进行唯有这种文明使之成为可能的技术工作。因此，当飞跃月球表面的美国宇航员向地球上的居民传达了古老的讯息，即《创世记》的那个开头，这合情合理，并且多么美好。①

等级结构将我们不同的行动领域关联起来，如今这种等级结构遭到了破坏，这是造成当前思想混乱的原因之一。人类的迷宫越来越复杂，并且语言从关联组织变成了高高在上的力量，无论是词语组成的语言，还是电子传输的语言，还是由色块和色点组成的语言②。考虑到语言自主、疯狂的扩展，我们甚至不知道我们是否有权使用可能过时的"文学"和"艺术"此类概念；但是，自从十九世纪以来，当它们走上了那个轨道，人们就在期望从语言获得启示。然而，我们的命运不依赖于曾被称为"人文学科"(humaniora)的东西，而是依赖于宗教和科学。幸运的是，圣经的美国和科技的美国都提醒我注意这个事实，尽管作为一名人文主义者，我的职业脱离了常轨。我们所希望的地球的明

---

① 一九六八年十二月二十四日圣诞夜，阿波罗 8 号的三位宇航员在绕月航行时朗读《创世记》开头三段，并向世人祝福。

② 指图像语言。

天——正义，和平，消除饥饿和贫穷——除非发生根本性转变，否则不太可能实现。总是有许多传道者渴求内在的重生，心灵的重生，归根结底，这无助于对抗残酷和不公。如果我开始发出福音宣告，朋友们就会认为我已经失去了理智。然而，我丝毫不指望某种意志的努力，而指望某种独立于意志的东西——某种可以整顿我们的空间想象使之焕然一新的材料。

没有什么东西可以阻止想象力试图将我们所知的有关宇宙和人类的一切凝聚成和谐的、更加象征化的诸系统；即世界观。如果这些系统中的一个丢失了，想象力要么游走在虚空中，创造令人心碎的无从感觉的影像（这本身是一种感觉，却是一种否定性的感觉），要么开始利用可支配的材料引入秩序。无须羞愧，就让我们承认我们是面对着一堆杂乱无序的障碍物的孩子；没有哪个孩子能够违拗用手表达心灵的需求。政治和社会观念本身就无从检验，因为它们是一条由少量基本影像构成的链条中的环节。如今这些观念是一种积极力量，源起于前哥白尼体系的崩溃。那曾是一个静态系统，其中，天堂产生一个向上的拉力，地狱产生一个向下的拉力，在某种意义上，邪恶已被驯服，因为形量无从改变。那个系统被一个动态的系统取代，其中，上帝的“撤出”并不一定意味着放弃天堂，因为现在，空间变成了属神的、救赎的时间的运动——地狱就是现在，天堂就是未来。如果有人将这些说法视为我的妄想，让他思考一下天主教神学家当前所关注的东西吧。他们很晚才注意到，适合于前哥白尼体系的宗教真理，遇到了甚至是最热忱的基督徒的无意识抵抗，于是他们开始让这些宗教真理变得具有动态，引入诸多影像：穿越时间的人类旅行，减少的邪恶，作为基督进程的历史——甚至到了这样的程度，以至于一些天主教教义问答手册的开篇章节似乎直接来自讲述物理和道德进化的教科书。这是合法的，因为调节运动的“神圣教育学”是犹太教基督教的核心，与古埃及人和古希腊人的循环景象形成对比。然而，很难不注意到，这种突然的热情是神学家的尝试，以适应集体想象的转变，这些转变发生于教会之外，没有它的参与，并违背它的意图。与提供安慰的世俗的进步者竞争之际，神学家们有时竟然认为提及魔鬼有失得体。邪恶无足轻重，因为等到被辨认出来，它就已经属于过去。（但无辜的人被折磨至死，以实现光荣的未来，又该怎么说呢?）职位较高的天主教人士做出的许多声明，听起来就像是来自一百年前的社会主义者，那些高尚的梦想家，在当时，遭到了教会对他们的非难，至少可以这么说。似乎没有什么方法可以摆脱虚无主义的惯性，只有一个方法伸手即来——飞跃到未来，否认邪恶的存在。一个美国的嬉皮士转入了政治行动，而那个神职人员想要赞美这个嬉皮士的各种各样的社会热情，以此赢得他的支持，他们在同一条道路上前行。

动态模型与我们在一起，留在了这里。保守主义者的旧观点认为，自从人成了堕落的生物，地球成了并会完全成为苦难之谷，“变化越多，越是一成不变”①完全不能让我们信服。然而很难让自己摆脱怀疑，认为想象力只要向前推进，就能够保持某种

---

① 原文为法语：Plus ça change, plus c'est la même chose。让-巴布蒂斯特·卡尔(Jean-Baptiste Alphonse Karr)在期刊《黄蜂》(*Les Guêpes*)一八四九年一月号上创造的警句。

平衡，将时间远远抛在身后，如果做得到这一点，想象力就要诉诸代替品；与其说它受到对更美好人性的信仰的激励，不如说受到对虚无和混乱的厌恶的激励，在这虚无和混乱中，它必须保持自身，直到跃过今天和某个假设的明天之间的距离。这种隐蔽的动机可能鼓励人们去抓住救命稻草，甚至最愚蠢和最非人的意识形态。在我们的时代，巧妙维持自我欺骗的事例数不胜数，甚至不值得引用一些案例。因此，问题是，对方案和计划的明智评价是否根本上并不意味着，在此时此地找到一个精神家园。如果存在着什么希望，只是因为那些人类根本无法忍受的宇宙图像和我们在宇宙中的命运的图像，似乎是牛顿的伟大机械装置①概念的迟来的遗产，而全新的因素仍然四下分散，并没有被整合。

尽管经历了各种教派之间的内部侵蚀，宗教在今天可能处于比一百年前的更好的境况之中。成千上万的人类学和心理学著作，成千上万的文学中的神话和象征研究，让集体意识充满了一种谦逊的诧异，这种诧异产生于宗教中酝酿成形的原型和某种只能称之为不变人性的模糊轮廓。这使得多元融合显得十分诱人，这里，与帝国罗马之间有着另一个相似之处，在某一时刻，对密特拉神②、摩尼教、诺斯替教③和基督教的崇拜全部共存。

---

① 牛顿认为，自然界就仿如一个巨大的机械装置，按照可以通过观察、实验和计算来确定的某些自然法则在进行运转。

② 密特拉神（Mithras），密特拉教的主神，太阳神。自公元前一世纪起在罗马帝国传播，只接受男性入教，所以罗马士兵中十分流行。密特拉教的消失是在公元三九一年的西奥多法令颁布之后。

③ 诺斯替（Gnosticism），即诺斯替教或诺斯替主义，也被称为“灵识派”，一种融合多种信仰，将神学与哲学结合在一起的秘传宗教，强调只有领悟神秘的（转下页）

另外，欧洲启蒙运动的怀疑主义思想让所有宗教服从于理性控制，以此一律平等地对待所有宗教。然而，今天，每个人诧异于人类完全的陌生性和神秘性，人类成了一个生活在地下的物种，只有部分突出地面，因此，宗教的"理性"不足以成为一个标准，不如说是一根天平的指针，用以衡量作为个人自由和个人命运的秘密信仰。与此同时，仪式，对倾心于理性的世世代代而言，已是一个僵死的词汇，如今开始获得更多的价值，因为这种仪式不再只发生于剧院中，这里，"常人"都依赖于"人际空间"或者维托尔德·贡布罗维奇①所谓的"人间教会"：人们已经知道，他们一直用手势、眼神和言语"感染"对方。一个仪式建构了一个这些人列席其间的圣礼空间。因此，不仅试图更新教会和私人聚会中的礼仪的激进尝试出现了，而且迷狂的仪式也出现了，它们可能不是十分宗教化，实际上却与礼仪有关。

至于科学的影响，它按照滞后的原则运作着，就像一滴水在吸墨纸上缓慢地洇开。科学直接或间接地通过技术对想象力产

（接上页）"诺斯"（Gnosis），即真知，才能灵魂得救。在一世纪到二世纪之间盛行于地中海东部沿岸各地，被早期基督宗教视为最有威胁性的异端之一。诺斯替派曾在叙利亚和亚历山大港建立起自己的崇拜组织，但在三世纪之后由于被基督教打压而消失，之后仍然能在犹太教、基督教及伊斯兰教的某些派别中看到诺斯替派的影响。二十世纪哲学家汉斯·约纳斯（Hans Jonas，1903–1993）著有《诺斯替宗教》一书，梳理了诺斯替宗教的教义、流变及与虚无主义、存在主义精神的沟通。

① 维托尔德·贡布罗维奇（Witold Gombrowicz，1904–1969），波兰小说家、剧作家和散文家，米兰·昆德拉将他与弗朗茨·卡夫卡、罗伯特·穆齐尔、赫尔曼·布洛赫并称为"中欧四杰"。一九三九年起，因波兰被德国占领而流亡南美。一九六三年回到欧洲，先后居住在德国和法国。代表作有《费尔迪杜凯》《横渡大西洋》《着魔》《色》《巴卡卡伊大街》等。

生着作用,但是无论任何情况下都不立即产生作用,至少我们一半人被困在十八和十九世纪的空间里。我们甚至无法猜测对于我们的后代而言,空间会是什么样的;至多,我们可以收集迹象和征兆——难以确定,由逐渐变化的迂回缠绕的自然所编码。这有点像从月球上看地球。从儒勒·凡尔纳开始,科幻小说的作者们使我们熟悉了这种景象,但真实地看到我们巨大的、圆形的、蓝色的家,就像我们如今已经看到的那样,有着质的不同,虽然我们说不出这是为什么。也许,某种牵引着我们心脏的东西,某种关于地球的模模糊糊的想法,归根结底,注定要成为核心,就像在哥白尼之前,地球中心论和人类中心论的幻景不应该嗤之以鼻吗?我们也许暂时感觉到了对美好的水域、树林、花草的爱,而不是对生存的愤怒?或者,荒诞派的道德剧让我们感到羞愧了吗,虽然据说它忠实地描绘了人类的境况,因为,它与宇宙之舞并置在一起,揭示了自身所依赖的只是转瞬即逝、变化多端的情感,就像一八八〇年的服饰一样?此外,不仅是星际航行,而且还有时间的异质性,不可思议地重塑着想象力;潜在空间的多样性;所谓的原始人的心灵具有令人难以置信的复杂性——科学所揭示的一切,将现实从机制装置变成充满奇迹的水晶橱柜,闪烁着在镜子与镜子之间的反光。不久以前,科学习惯于减缩;它习惯于将奇迹"解释"(explain)为"只是"(only)某些原因的简单结果。今天,各种各样的增殖取代了减缩,实验室让空间变得就像有关精灵的童话故事一样崇高而神奇。

这么多事情顷刻之间发生了,至于,猜测什么是重复,什么是预兆,几乎是不可能的。隐藏在看似有形的形式之后的复杂性和变色龙般的可变性，如今正在整个地球上蔓延，要写下当前这一切，就像盲人摸象，宣称象鼻瘦长如蛇。我只对自己的惊异确信不疑。惊异于像美国这样的事物存在着，人类仍然存在着，虽然在很久以前就本应灭绝，或因饥荒、流行病或其所排泄的毒污而消亡。然而惊异引发了冥思默想，既然语言由肯定和否定所构成，因此，每当我拿起我自以为博学的笔，我将这种行为视作对当下邪灵的驱邪仪式。